俳句日記2018

そして、今

大牧 広

soshite, ima

Oomaki Hiroshi

ふらんす堂

一月

一月一日（月）

【季語＝太箸】

八十七回目の元旦。

十二階から見る街のたたずまいはしんとしているが、やはりどこか普段と違う。それは一月一日である「はじめ」の故であろう。

父母の遺影にいつものように熱い茶を捧げる。父母は正視をつづけている。

太箸といふ厳粛をいまさらに

一月二日（火）　【季語＝賀状】

四月に「港」三〇周年記念行事が行われるホテルで子供一家と私共夫婦で食事をした。どのようなメニューか知っておきたいと思ったからである。それなりに意義があった。

夜、賀状を整理。考えてしまう賀状もあった。

賀状にもさまざまありて濁世なり

一月三日（水）　【季語＝正月駅伝】

自宅のすぐ近くの国道一号が箱根駅伝の復路となる。何回か応援に立ったが今は寒いのでやめている。選手は風のように走り去ってゆく。若さは本当に財産であると実感させられる。

正月駅伝ヘリコプターの音近づく

一月四日（木）

【季語＝四日】

四日になると、子供のとき、もう正月ではないからね、と長姉に言われた言葉が耳に蘇る。三が日の終った淋しさを思い出す。
正月句会のための色紙短冊の揮毫にとりかかる。すこしずつ現実の世の空気が占め始めている。

添削依頼はや届きたる四日なり

一月五日（金）

ポストへ行くまでにホテル街を抜けねばならない。ホテルから出てきたカップルとすれちがうとき、老人の私は眼を伏せる。「温かいものでも食べて行こうか」カップルの会話である。

【季語＝松の内】

速達をポストに落す松の内

一月六日（土）

年が明けて初めての土曜日、テレビでは芸人が作り笑いをしている。能筆家だった父とちがって私は揮毫は好きではない。苦行にひとしい。それでも結社の人はよろこんでいてくれる。

【季語＝冬青空】

揮毫てふいまだ苦手や冬青空

一月七日（日）

【季語＝七種粥】

昭和十七年一月頃までは「戦捷の春」などと言われた。その後の敗戦の歴史は、あえて書くこともない。

「七種粥」はめでたいが、戦中の粥や雑炊は惨めなものだった。

戦中に似たもの食べし七種粥

一月八日（月）　【季語＝蜜柑】

気がつくと締切りが近づいている原稿。気持を切り替えないと稿が進まない。
せめてもと、箱の中でいちばん大きな蜜柑を剝いていると心がすこし落ちつく。だが、なんでこんなに焦っているのだろう。

大粒の蜜柑を剝けば想ひろがる

一月九日（火）　【季語＝橙】

まだ果たしていない色紙短冊の揮毫。かたわら自分自身の俳句もつくらねばならない。俳句を「詠む」のであって「書く」のではないとよく言われますが、なぜですか、などの手紙が来て面食らっている。

橙や仕事に優先順位決め

一月十日（水）

【季語＝初句会】

ベランダを雀が歩いて遊んでいる。心がほどけるひとときである。横浜・藤が丘二支部の合同句会。三〇周年を控えての句会はいきいきとした感じが漂っている。私も気を張って講評する。やはり俳人の端くれを実感する。

初句会懐しささへ覚えゐて

一月十一日（木）

【季語＝冬夕焼】

毎月第二木曜日は「港」の第一校正日としている。会場は坂道が多く老人には苦労の多い場所にある。

厳しい季節の時は特にこたえる。けれども「港」を待っている人の気持を思って坂の登り降りをくり返す。

タクシーに無視されてをり冬夕焼

【季語＝雪中花】

一月十二日（金）

大学病院へは定例的に行っている。長生きをするためと億劫がる自分を励ましている。

医師は当然患者の顔を観るが、患者側も医師の顔を窺う。気の広くなる外国の短編集など読みたいと思っている。

医師の声やさしかりけり雪中花

一月十三日（土）

【季語＝初山河】

今日は「港」の新年俳句大会。
創刊三〇周年祝賀の会が四月に開かれるので、やや地味な大会となった。
社会が具体的に動きはじめたのだと実感する。嫌いでないアルコールだが、やはり今年はセーブする。

初山河世間が動きはじめたる

一月十四日（日）

【季語＝冬草】

外出すると、なぜか道端の雑草に目がゆく。けなげにちいさな花をつけている草には、そっと触れていったりする。普通に生きることが大切であると自分に言い聞かす。

冬草や尊かりける普通の日

一月も半ばとなりぬ芋雑炊

一月十五日（月）

一月も半分終った。一日一日が、いとおしくてならない。夜、ワインのお湯割りを刻をかけて飲む。ことしは、第一〇句集を出す。静かで強い句集にしたいと思いながらである。

【季語＝一月・芋雑炊】

一月十六日（火）　【季語＝着膨れ】

さて、今日は溜まった仕事を捌くぞ、と思う日に限りさまざまな障害が現れる。

俳句は公用、それ以外は私用と胸中で分けているが、それらが混淆して、ペンの進みを妨げている。ヒステリックになっている自分に気付く。反省。

これ以上着膨れできぬ齢なり

一月十七日（水）

【季語＝一月】

長い歴史を持った俳誌の廃刊通知に接するとひどく身に沁みる。その廃刊の理由が、高齢や主宰者死亡だからである。

自分は、その逆をとって一代長寿の歴史を作ってやるかと思うが、やはり現実的な考えにもどってしまう。

一月てふ磁力信じて行くべかり

一月十八日（木）　【季語＝懐手】

「港」三〇周年記念号の座談会のゲラに目を通す。「座談会は所詮、座談、私は重くは見ていません」師の能村登四郎のこの言葉が耳に残っている。

懐手していくらかはまどろみぬ

一月十九日（金）　【季語＝懐炉】

「港」三〇周年の来賓用の御返事の整理をする。欠席の方の丁寧な断り書きがあると、お呼びかけして悪かったのだと反省する。ただ「欠席」がペンで囲まれているだけの御返事に会うと、いろいろ考えてしまう。

背に懐炉二つも貼つてしまひけり

一月二十日（土）

【季語＝初電車】

埼玉支部と中野支部の合同句会。

皆に会うと、元気が出てくる。ひとりが一番いけない。それを実感する。

長時間の電車だった。ぐっすりと眠ってしまう。

さまざまな暮らしの中を初電車

一月二十一日（日）　【季語＝くさめ】

ぼんやりとテレビを見ている時が好きな一刻。それでも政治家や評論家が最大公約数な発言をしているとテレビを切って机に向う。偉い人の哲学的な言葉を聞きたい。無理だろうか。

天の邪鬼はや育ちゐてくさめせり

一月二十二日（月）　【季語＝梟】

「港」の発送準備。いちばん孤独でいちばん充実した時間。いちばんきびしい時間。

八十七歳の身に本は重い。この作業を三十年、妻とつづけてきた。

夜、ウイスキーのお湯割りをすこし。

昔なら梟が鳴く時刻なり

一月二十三日（火）

【季語＝春立つ】

「角川俳句賞」贈呈式とその後の賀詞交換会出席のためパレスホテル東京へ赴く。

井上靖のエッセイで、卒業式の日「いよいよ自分達の時代が来たことを肌で感じた」と述べた一章があった。表彰された人には、そんな気持が見えた。

街の灯のいよいよ春の立つらしき

一月二十四日（水）

【季語＝切山椒】

大きなマスクを使うと何か安心感がある。寒い日はマスクをして机上の仕事をする。この安心感は何なのか。俗世間からすこし距離のある安心感、あるいは疎外感という感じか。少し日脚が伸びたなあ、と思う。

やれやれと肩揉みほぐす切山椒

一月二十五日（木）　　**【季語＝冬雀】**

「港」誌発行の準備。自分でも人相が変っているのがわかる。八十七歳になって、やはり仕事の速度が落ちている。気持は焦っている。テレビに早口の政治家の顔がながながと映されている。そのテレビをぷつんと切る。その意味では私はまだ若い。

ベランダに冬の雀の来てくれし

一月二十六日（金）　**【季語＝冬萌】**

ことし最初の同人句会。正選もあるが逆選もある。その逆選の理由を言わなければならない。それが人によっては苦痛らしい。おもしろいことに逆選句に光るものがある。だからあえて私は逆選とする。なあなあ、まあまあでは詩を求めることにはならない。会場の上の階より詩吟が聞こえてきたりする。

冬萌や厠の近くなりし齢

一月二十七日（土）

【季語＝煮大根】

ふっと日本がはじめて空襲を受けた日を思い出している。たしか昭和十七年の四月だった。教室に坐って空襲警報解除の報を待っていた重苦しい時間。

あの重苦しい不安な気持はこれからも忘れることはできない。

ていねいに食べてをりたる煮大根

【季語＝寒菊】

一月二十八日（日）

句会出席のため蓮田へ。
蓮田の街は活気にみちていて私の住んでいる大森とはちがう空気だ。
九十歳代の常連の女性の訃報を聞く。
思えば俗気の抜けた表情だった。
会者定離をあらためて実感する。

寒菊や自分に聞かす会者定離

一月二十九日（月）

【季語＝冬青空】


三月号の入稿・割りつけ。

私は立ち会わず編集部で行う。編集者から連絡の電話やファックスがくるが、気の立っている様子がつたわる。

私は私で目の前の仕事をこなさなければならない。

ペン置いてときどき眺む冬青空

百までも生きたい冬の水平線

一月三十日（火）　　　　　　　　【季語＝冬】

川崎の身代り不動尊参拝の相談の電話を娘達とする。
私は「癌封じ」、家内は「身体健勝」と決まっている。「癌」という字は
すでに異様で病的、いやな字画である。

【季語＝枯草】

一月三十一日（水）

高齢者を対象にしたアンケート用紙が送られてきた。「はい」「いいえ」の項目を囲むのだが、私も妻もすこしも社交的でないことに気づく。子は離れて住んでいて仕事も持っている。やはりいずれは施設行きかと思う。フランス映画の名作『旅路の果て』を思い出している。

枯草や老いのまなうら海と崖

二月

二月二日（木）

【季語＝早梅】

二月が来た、そう思うだけでもなにか解放感がある。一月は、なにか固い空気感に身を縛られる感じで心の「ほぐれ」がすくなかった。

「港」の発送も終えて、ワインでも飲もうかと思うが、やはり思うだけ。

黙々と夕餉の箸を運んでいる自分。

どうにかして早梅などを見に行かむ

二月二日（金）　【季語＝寒明け】

「文藝春秋」よりの七句依頼に応えるために一句を書いたり消したりして、又もとの句にもどる。ピカソだったかマチスだったか、カンバスにそうした作業を必ずしている、という文章が頭に残っている。七句、どうにかまとめた。

ぎりぎりに句を紡ぎゐて寒明けし

【季語＝如月】

二月三日（土）

句会出席のため京浜東北線の「本郷台」へ。駅前の道は、老人の脚に反抗するような固い敷石、その上を杖をたよりに歩く。

広場なので風が舞っている。

おきまりのコーヒーとホットドッグ。行ったことのない巴里の港の風景を思ったりしている。

如月の人を許さぬ風が吹く

二月四日（日）

【季語＝午祭】

今日も句会。

「薔薇」「憂鬱」などのむずかしい言葉の句に出会うと、もっとやさしい字句はなかったのかと胸中でつぶやく。

果して、その字を使った句は互選でも入らなかった。表現はいくらやさしくてもよいと思っている。

ときどきは日のゆらぎゐて午祭

【季語＝浅春】

二月五日（月）

私の住んでいる街に有名企業のビルがある。時々、そのビルの前に労組の大きな旗が立ち、働いている人が何かを訴えている。

私はビルの中の郵便局へ入ってゆくが、心の中では労働者が不満を持たずに働ける世が一番いいと思っている。

浅春のいきいきとして組合旗

二月六日（火）　　　　**【季語＝春ごと】**

「文藝春秋」へ俳句七句を送る。

その七句はやはり自分でも癖があるように思う。それが個性だから仕方がないと自分に言いきかす。俳句にイデーが必要か不必要か、つねに迷っている。

言えることは、私は「無思想」の俳句に魅力を感じないということである。

春ごとのビル屹立の街にかな

二月七日（水）

【季語＝春の雲】

「港」の三〇周年記念ということで総合誌より記念原稿依頼がいくつかあり、その執筆に入る。三十年前に「港」を創刊してから今でも残っている人は数人。ほとんど鬼籍に入ってしまった。

夜、焼酎に湯をそそいで気分を変える。カロリーがなくて一番いい。

春の雲鬼籍はあそこかもしれぬ

二月八日（木）

【季語＝蜆汁】

「港」の第一校正日。
戸越銀座商店街の一隅にある印刷会社の一室で数人で当たる。
この辺りは昭和十七年四月の空襲で、夜に母と姉と三人で逃げ回った土地。家や人が焼かれた焦げ臭い匂いを今も忘れていない。

老つねに戦さ想ひし蜆汁

二月九日（金）

【季語＝桜餅】

「あんなよけいなこと言わない方がいいよ」と女。「うん」と男。すれちがった男女の会話。私はいわゆる「地獄耳」で、しっかりとすれちがった人の声が耳に残る。「聞かぬが仏」、私に必要な言葉かもしれない。

桜餅香りをすこしうたがひし

二月十日（土）

【季語＝日脚伸ぶ】

本部句会、娘の小泉瀬衣子の車で会場へ。三〇周年行事が二か月先まで迫り空気感がちがっている。

終って小酌、十人前後。若手の人がきびきびと立ち廻って世話をしてくれる。

五十年前の私を見る気持でいる。

九十に近き齢や日脚伸ぶ

【季語＝つちふる】

二月十一日（日）

中野句会。

日曜日の中野駅前は何か租界的な賑やかさがあって、老人の私にはどうしてもなじめない。句会よりの帰途、サンプラザの前では、たいてい音楽や太鼓の音がひびいている。私はいよいよ疎外感を抱いて駅へとそそくさと入ってゆく。

つちふるやパスモを落しさうになる

二月十二日（月）　【季語＝二月】

私より一歳上の姉が逝った。

有料老人ホームに一人きりの余生を養っていたが、夜明けにトイレに行くというので職員が付き添った。そしてベッドに戻って、ふつうに寝息を立てはじめたのを職員は確認した。しかし、朝起しに行ったら冷たくなっていたと言う。

苦しまずに逝ったのがせめてもの救い。そう納得する他はない。

姉はつねに、弟は俳人である、とそれとなく自慢していた。その姉の遺品の中に私の『大森海岸』があった。

しろがねの色もて二月の朝がくる

二月十三日（火）　【季語＝木の芽冷え】

私がつねに注目している人に小林節氏が居る。著名な憲法学者であり右派の論客である。

氏は某紙で憲法九条の一項二項に新たに三項を加えることはトリックであると論じている。三項を加えることは自衛隊（軍）を加えることで九条を空洞化しようとする、と論じている。

こうした論は尊重しなければならぬ、と思っている。

戦前の風と思へり木の芽冷

二月十四日（水）

【季語＝春外套】

横浜は坂が多い。
藤が丘もその例に洩れない。今日はその坂の上の句会場へ赴く。
時間にきびしい会館で選句・披講・講評を果さねばならない。参加した
人達も真剣である。
句道を磨くという感じになっている。

タクシーにぎくしやくと乗る春外套

二月十五日（木）

四月号の第一校正。
すこし有名な戸越銀座商店街の中の印刷会社の一室で行う。
私の生れながらの悪筆にスタッフが苦慮している様子がわかる。
来世は美しい字を書く人に生れてきたい。

【季語＝春浅し】

春浅きやきとりの香の商店街

二月十六日（金）

【季語＝西行忌】

本阿弥書店の贈賞式を兼ねた新年会に出席。

市ヶ谷駅周辺は、つねに新鮮な感じがする。酸素が多いと言えばよいだろうか。

こうした会に出ると年毎に老いを実感する。皆背が高いし腰も曲っていない。気のせいか老人の姿が年毎に減っている。

西行忌川の匂ひのしてゐたり

【季語＝春の雁】

二月十七日（土）

ひとり暮しの姉が逝去したことで、成年後見人と電話で種々話し合う。
姉と言っても一歳だけ上。しんしんと身に沁みるものがある。
夕方スーパーで鯵のフライ等を買う。レンジでチンをして食べるつもり。
一人きりでなくとも孤独感はつのる。

ままごとのやうな夕餉や春の雁

二月十八日（日）　**【季語＝余寒】**

「板橋」の地で句会。

池袋駅の雑踏は本当に辛い。人々がもっと地方へ散ればよいのにと勝手な考えが湧く。去年の暮、この駅の踏切で転んで怪我をして今でも時々痛む。

でも句会場へ着くとそうした退嬰的な思いは消える。

踏切の風おそろしき余寒なり

二月十九日（月）

【季語＝田植寒】

三〇周年記念の来賓の方々の確認をする。地方の人の手紙で「胸がどきどきします」などと書かれた手紙がくると、私は不安で胸がどきどきしてくる。

「ケ・セラ・セラ」無理にくちずさむが、やはり小心者は小心者、心拍が乱れる。

遠方の煙が折れて田植寒

二月二十日（火）

【季語＝蜆汁】

終日机に向う。

こうなると重荷だった夕方の買物がかえって気分転換となる。

第一〇句集の句をそれとなく選ぶ。「それとなく」の意味は、目の前の仕事をこなしながらの「それとなく」である。

八十七歳、がんばれ、自分で自分に活を入れる。

あつあつの蜆汁など飲みたしよ

【季語＝紅梅】

二月二十一日（水）

朝、歯触りのやさしい甘いものをすこし食べ、うすめの珈琲を飲み終えて机に向う。

机に向うと、さまざまの、しなければならぬ仕事が現れてくる。三〇周年への仕事、連載の仕事、その他、こうして仕事に追われているから、かえってよいのかもしれない。

いま、ペンを進めているときも、原稿の催促の電話が、かかってくる。ただいま午前八時半、日の当った縁側で盆栽に手を入れる、などというシーンは、もろくも崩れている。

けれども好きな道。がんばる。

紅梅や日ざしに力帯びてきし

二月二十二日（木）　【季語＝早春】

第一〇句集用の句を抽いてみる。

自分でも感じているが、句が素直ではない。斜に構えているといえばよいのか。

そうした雑念をふりきるようにして句を書き抽いてゆく。修業のようだ。

昼、メールボックスに郵便物をとりに行くエレベーターの中でゴルフ用具をかかえた人に会う。私より若い人。「のんびりと遊んでいるんじゃないよ」、胸中で呟く。

その人は地下駐車場へと降りていった。

早春の野は想ふのみペン握る

【季語＝水仙】

二月二十三日（金）

結婚記念日、もう六十回位経ただろうか。風のつめたい日だった。
午後、三角ケーキを買って二人で黙々と匙を運ぶ。

青春のすぎにしこゝろ苺喰ふ

水原秋桜子の句。とにかくそうした心境。

結婚記念日水仙がくり傾きて

二月二十四日（土）　【季語＝春夕焼】

二月二十日に亡くなられた金子兜太氏の姿がまざまざと胸中を去来している。

特に個人的に濃い想い出のひとつは、「原爆忌東京俳句大会」に金子先生が講演されて、たまたま金子先生と付添の息子さんと帰途が一緒になったときのこと。

石段の下り坂で、私がすこしつまずいてよろけた。そのとき少し離れて後ろに居た金子先生が、「大丈夫、大牧さん」と声をかけて下さった。ふつうなら気のつかぬていいで黙っていてもおかしくない情況だった。金子先生の、あの声の温かさが、今でも耳に残っている。

春夕焼なぐさめの声耳にあり

二月二十五日（日）【季語＝きさらぎ】

句会出席のため蒲田へ。

安吾忌の蒲田駅前戦後のやう　広

蒲田はつねにエネルギッシュで、私の住んでいる大森とはちがう元気がある。

バスを待つための鉄のベンチ、やはり「昭和」の街である。

きさらぎも終りのバスを待ちてをり

二月二十六日（月）　【季語＝春寒】

四月号入稿。三月号発送。すこし疲れて机の前でまどろむが気を取り直して第一〇句集の準備にかかる。

この追われたような気持は何だろう。齢のせいか。そんな気持のかたわら現代俳句協会への貢献の薄さを責めている自分。

傍らにあった林芙美子の『放浪記』を拾い読む。林芙美子の「這い上る」ような気持がほしいのかもしれない。

ことに昔の渋谷の道玄坂の夜店で生活のため「猿股」を売っている章の詩に惹かれている。

『放浪記』に似合ふ春寒渋谷の灯

二月二十七日（火）

【季語＝凍返る】

第一〇句集の書名をとりあえず「一隅」にしようかと思っている。気持は、決して退嬰的ではないと思っている。むしろ自分を見つめ直す今は格好な場所ではないかと思っている。

夜、一人で三〇周年のご来賓の席のカードを作って考えてみる。

パトカーの音いつまでも凍返る

【季語＝利休忌】

二月二十八日（水）

二月も終る。

二月が終るということは、いよいよ四月の三〇周年記念の会が近づく意になる。自分の身の囲いがひとつずつ剝がされてゆく気持である。でも、この峠は越えなければならない。

この町に裏山は無し利休の忌

三月

【季語＝寒椿】

三月一日（木）

少し前にグランドプリンスホテル高輪で、事業部の人達が集まって、打ち合わせをした。

小高い位置にこのホテルが在って、遠方からくる人はわかりづらい。と胸中で思っている。

事業部の人の心がうれしい。

寒椿なぜ隠れ咲きしてゐたる

三月二日（金）　【季語＝三月】

私の住んでいるマンションは三月の節句が近づくと、必ず雛人形が飾られる。

かつてわが家にもそれなりの雛人形があったと覚えている。でも、その雛人形は、例の大空襲で焼かれてしまった。炎につつまれ、さぞ、苦しかったろうと思っている。

三月の空襲の炎《ほ》を忘れまじ

三月三日（土）

【季語＝雛あられ】

雛あられは甘くておいしい菓子であることを知った。二袋買っておいて、一袋を妻ときれいに食べてしまった。一袋は仏壇へ。国粋派ではないが、日本のお菓子は奥が深くておいしい。年をとったせいか。

雛あられその桃色をこぼしけり

三月四日（日）　**【季語＝春北風】**

句会出席。ひどく疲れて帰る句会がある。会場のトイレなどで、ドリンク剤を飲む。疲れた顔をする自分が厭だからである。

二次会にも寄らず、まっすぐ帰るときの一抹のさびしさ。としよりの甘えだろうか。

心のごと電線ゆれて春北風

三月五日（月）　【季語＝春】

麗しき春の七曜またはじまる

山口誓子句。うるわしく感じるのは胸中が平穏だからであろう。このような心境に早くなりたい。

麗しき春の月々火水木金々　広

今の私の心境である。パロディにしても切ない。

春と思へ紅茶にウイスキー小々

三月六日（火）

【季語＝春の昼】

溜まった仕事に向う。雑詠選句にとりかかる。三句書けるのに一句しか書かず、作者名を省略している句は採る気が失せる。俳句は風流でも雅びでもないと思っている。真剣に詠めと呟く。時代錯誤だろうか。

呟きは大方怒り春の昼

三月七日（水）　【季語＝つくしんぼ】

句会。

田園都市線に乗ると、なぜか鬼籍に入ってしまった「たれかれ」を思っている自分がいる。なぜだろう。ひろびろとした窓外の景色が心を感傷的にするのだろうか。

句会出席の人達は皆真剣。だから私も真剣に選句する。

田園都市線さぞ生えてゐしつくしんぼ

三月八日（木）

【季語＝春愁】

亡くなった金子兜太氏にかかわる原稿を書く。氏はつねに水平的な思考を持ち、決して「高み」から人を見ていなかったと記憶している。すくなくとも貴族主義の人ではなかった。庶民の一人だった。氏の「立禅」私も心の中ではじめている。

ばったりとペン止りをり春愁

三月九日（金）　　　　　　**【季語＝桜餅】**

本部句会を明日にして、私も作句をする。現実の景や事柄、それを詩のオブラートにつつむなど全方位的な句作を目指すが、やはり現実的な事象に心が奪われる。

ならば、それでよいのではないかと思案する。やはり自分は、この道が好きなんだと思ったりしている。

桜餅楽しかりけり句の思案

三月十日（土）

【季語＝草の芽】

本部句会。

句会で皆の元気な顔に会うと、私も心が弾む。

話は、やはり金子兜太氏のこと。話しながらも自分の声が湿っているのに気づく。

草の芽や金子兜太は天に居り

【季語＝蘖】

三月十一日（日）

施設で逝った姉の事で行政書士と相談。こんな話もじきに自分のことになるのだろうとの思いがある。

気をとり直して、第一〇句集の準備や「港」の方達の句集の手伝い。感傷にひたっている時間は無いと自分に言い聞かす。

蘖や感傷よりも詩に浸れ

三月十二日（月）　【季語＝桜】

齋藤愼爾氏より『寺山修司・齋藤愼爾の世界』という大判の本を頂いた。寺山修司、と書くだけで詩的な昂ぶりを覚える。その短歌は決して明るくはないが冬の花火のようにつめたい絢爛がある。馬鹿な健康よりも聡明な不健康の方が、いまの私には合うようだ。齋藤愼爾氏と埴谷雄高、井上光晴といった人達との交友を通しても、齋藤氏が異色の存在の俳人であることがわかる。

高齢者に桜情報など要らぬ

三月十三日（火）　【季語＝初蝶】

電気関係に滅法弱い。ウォシュレット等が効かず顔が蒼ざめてしまう私。翌日、単に電池の寿命が尽きていることがわかる。自分でもおかしい位に気が動転する。現代文明に合っていない私。かと言って木の上の仮設住宅にも到底住めない。

初蝶をしかと見届け病院へ

三月十四日（水）

【季語＝春愁】

どうしても礼や返事を書かなければならぬ手紙類の整理をする。見も知らぬ人からすぐ句集にできそうな量の句の束が送られてきて戸惑っている。どのような意味なのだろう。第一〇句集の下準備、句の抽き出しをする。

春愁を濃くせる手紙送られし

三月十五日（木）　【季語＝初蝶】

四月号一校。
祝賀会の来賓の方の文章や作品を目をみひらくようにして校正する。特に俳句作品の見間違いは怖い。印刷会社の自動販売機の珈琲が旨い。粉からつくられる珈琲である。商店街のチンドン屋の音が耳に障る。あきらかに疲れている。

初蝶の窓よぎりしはまぼろしか

三月十六日（金）　【季語＝木の芽時】

東邦大病院へ。循環器のアフターフォローのため。待合室で持ちこんだ選句の仕事。

よい俳句はできましたか、と主治医。俳句好きなお爺さんと思っているらしい。半分当たっているが、半分は間違いで、句作とは修羅。

薬局のテレビが、どうでもいいスポーツ選手のことを流している。無邪気に無垢にスポーツに汗を流しているシーンを見ていて、ふっとヒトラーが「スポーツ」と称して、足腰の弱まった老人に収容所で「兎飛び」をさせて、崩れた老人を池に放り込んだという記事を思い出した。

真青なる海眺めたし木の芽どき

三月十七日（土）

【季語＝朴の芽】

三〇周年に差し上げる小著『俳句の味方』の表紙が送られてきた。「港」会員の高坂小太郎の絵が表紙に使われていて、想像以上の出来映えとなっている。

俳句の優しい味方でありたいと思っている。俳句は十七字しか使えぬからである。

朴の芽や水平線は日を掲げ

三月十八日（日）

【季語＝小町忌】

遠方の句会指導を休ませてもらうことにする。それでも郵便による句会作品の選句は絶えることはない。あれもしなければ、これも終わらせなくてはと気の休まることはない。日曜日、さすがに電話や郵便物は来ない。老人にも日曜日は必要と改めて思う。

小町忌の書斎の窓をすこし開け

【季語＝彼岸】

三月十九日（月）

次女小泉瀬衣子の第一句集『喜望峰』の出版を依頼している角川書店に仕事の運びを聞く。

きっと金子兜太氏が亡くなったことで、各俳誌出版社は、その対応に追われていると思う。

せめて「装幀の様子が知りたい」と、本人は言う。なるほど、と思う。

編集長が丁寧に対応してくれた。

第一句集、親の私でも「赤ん坊」に接する思いで胸がときめく。

夜、焼いたチーズが入ったパンを食事とする。このごろパンが体に合う。米粒が重くなっている。

珈琲にミルク泳がす彼岸なり

三月二十日（火）　【季語＝春来る】

今日は我孫子での句会の日だが、祝賀会準備や、私自身の仕事整理等で、今日をふくめてこれからしばし句会は欠席させて貰う。私の住んでいるマンションが法規に基づいての大規模補修を行っている。職人さんの影が書斎の窓をしきりに右に左によぎる。

春が来て特急増えし列車音

【季語＝鳥雲に】

三月二十一日（水）

今日も句会を欠席。書斎にこもる。それでも買物があってイトーヨーカドーへ行く。私より若い人が店のコーナーで百円の珈琲をたのしんでいる。羨ましいと心から思っている。とにかく時間が欲しい今の私。そして、暇をもて余す人よりその方が倖せなのよ、と話された宇多喜代子さんの言葉を思い出している。いつもにこにこして話す宇多喜代子さんの言葉には説得力がある。

鳥雲に列車過ぎゆく音忙し

三月二十二日（木）

【季語＝行く春】

四月号二校。部員ががんばっている。

私は私で自分の仕事にとりくんでいる。

昼餉は、ごはんに生卵とオリーブオイル、そして醤油をすこし。食には

かねがね気を使っている。

校正中の人から電話再三。

行く春の食養生は忘れまじ

三月二十三日（金）

【季語＝春景色】

ふっと七十三年前の戦中の世を思い出している。

学徒動員という状況になっても時折配給があって、そのわずかな野菜を持っての帰途、年配のおじさんから「お兄ちゃん達も大変だなあ」といたわられた。あのおじさんも、とっくに彼岸の人となっているのだろう。

すこしづつ遠くなりゆく春景色

三月二十四日（土）　【季語＝春】

現代俳句協会総会出席のため、上野の「東天紅」へ。高齢のため現俳協特別会員となる。

〈破蓮の破れかぶれのすこし分る〉私の不忍池での所見句だが、妙に時々とり上げられる。人は、時折こうした思いに傾くのだろうか。上野という街は物語性がある。

お好み焼の匂ひもつとも上野は春

【季語＝花種蒔く】

三月二十五日（日）

溜まりに溜まった仕事に向う。

とにかく「仕事の山」を崩していかなければならない。自分で「仕事の山」とイメージして切り崩してゆく。このように設定して力を出す。自分なりの仕事をこなす方法である。仕事の疲れからかテレビの「のど自慢」のさりげない唄声に涙を流している。

花種を蒔きたることも夢のごと

三月二十六日（月）　【季語＝西東忌】

テレビは森友問題を絶えることなく映し報じている。国民の共有財産を一部の人が勝手に扱ってよい筈はない。ペンを動かしていても、そのことにふっと気持が傾く。

三月の最後の週のはじまり、一年の四分の一が終ろうとしている。「港」三〇周年号発送準備、増頁となった本の山に向うと気持が押される。

夜、祝賀会の席割をチェック。深夜、このような仕事をすると、眠れなくなる。

西東忌訳のわからぬ夢を見し

三月二十七日（火）

【季語＝苗木市】

「港」で私が連載している原稿に取り組んでいる。その中に「このごろ抄」という、私が俳句に関して思っていることなどを書く二頁のコーナーがある。俳人は俳句だけ考えていればいい。政治や社会の事象には関係しなくていい、という説が掟のように在って、私はその説には納得しがたいものがあり、気がつくと、ペンがその考えを述べていることがある。俳人であることと、社会人であることとのバランスをどうつくろうか、八十七歳の私は中学生のように悩むときがある。

夕食時、すこし濃い目のホットウイスキーを飲む。すこしである。

境内の苗木市たゞ思ふのみ

三月二十八日（水）　**【季語＝鳥交る】**

俳壇筋へ「港」を送る準備をする。発送洩れがないか等々、三十年もこのような心配をしている。
夕方、マンション十二階から空を仰いでいる。

鳥交る空といふものありにけり

三月二十九日（木）

【季語＝囀り】

第一〇句集に収める句をもう一度見直す。

穴の開くほどその句を見つめると、その姿がたじろいでしまう句、自信をもって見つめられている句など、さまざまである。

人様の前へ出すことのできる句、それを目安にしている。が、作者自身の心が崩れては仕方がない。自選の苦しさである。

囀りが夢のごとくに耳にあり

三月三十日（金）　**【季語＝三月尽】**

テレビが、こまごまと料理の始めから完成までを映している。「出来合い」を食べている老夫婦には全く関係ない。怒りをもって、そのテレビを切る。で、夜は冷凍のスパゲッティを「チン」して食べる。口数はすくない。

いくらかの怒りにじませ三月尽

【季語＝鳥雲に】

三月三十一日（土）

「俳人九条の会」へ呼びかけ人として出席。
金子兜太氏もその一人だった。氏の亡い今、がんばらねばと思っている。
俳人として遠藤若狭男氏の講演。やはり説得力があった。
かくして三月が終ったの感。

鳥雲に四半期てふの終りけり

四月

四月一日（日）　【季語＝木の芽和え】

「港」三〇周年祝賀の月の四月がはじまる。もう後ろをふり向かない。前を見て進むのみである。

四月一日が日曜日というのは「肩すかし」に遭った感あり。古い人間だから東郷元帥の率いる日本連合艦隊がバルチック艦隊を迎えての秋山真之中佐の「本日天気晴朗なれども浪高し」の言葉を思い出している。

木の芽和誕生月の来りけり

四月二日（月）　　　　　　　　　　　　　　**【季語＝鳥雲に】**

昨日の句会の欠席投句者の整理。遠距離者（たとえば静岡県等）が、わざわざ欠席投句をしてくれる。その結果をハガキに書いて送る。つまりは添削指導の形にもなっている。

三十代のおのれ想へば鳥雲に

【季語＝海苔の篊】

四月三日（火）

事業部全体で祝賀会場へ赴き打ち合わせ。いわばイメージトレーニングである。

東海道の入口でもある「品川駅前」は決して広くない。めまぐるしい。地方から来られる方達は、その雑踏に面くらうであろう。その気持をなごませるのも迎える側の役目である。

映画『幕末太陽傳』では、品川という地はひろびろ、さむざむとした海がひろがっていて、海苔採りのちいさな舟がただよっている、という印象だった。

事実、かつてはそうした「品川」の町であった。

ゆふぐれが迫つてをりし海苔の篊

四月四日（水） 【季語＝永き日】

小泉瀬衣子の句集『喜望峰』の再校。

徐々に句集のていをなしてゆく。夕刻より白土昌夫氏の句集発行のため選句。祝賀会準備のため遅れてしまっている。

一日が短い。日が永くなったというのに私には短い一日である。

永き日のいちにちなれど焦燥す

四月五日（木）　【季語＝達治忌】

三〇周年祝賀に備えるため、発行所関係の句会以外は郵便による指導にさせてもらっている。

それでも量的には殆ど変りのない選句や添削の量である。ペンを持つ手に力を入れすぎて右手の筋肉が突っぱってしまう。

やはり肩に力が入っている。

達治忌の雀の遊ぶひとところ

四月六日（金）

【季語＝春帽子】

第一〇句集の句をチェックする。

俳句道に入ったときは一〇冊の句集を出すことなど夢にも思っていなかった。

それでも一句集毎に自分の人生をこめてつくってきた。「集成」まで発行したいというのが私の夢である。意地というのか何かにとりつかれている思いである。

雲だけが悠々として春帽子

四月なり希望失望こもごもに

【季語＝四月】

四月七日（土）

マンションのメールボックスに、しばしば寄贈の句集が無理やりという感じで「突っこまれて」、つかえている時がある。作者の渾身の句集が、苦しげに「突っこまれて」いるのを見て、メールボックスがいますこし大きければと思うことがある。そんな時、アウシュヴィッツのあの恐しい「焼却所」を思い出してしまう。

ついでに書くと、どこかの市や町の俳句大会の分厚いパンフレットの束も無理にさしこまれている。

その時点で、私は、その大会への興趣を失っている。

四月八日（日）

【季語＝春夕焼】

さまざまな賞がある。

俳句の良い悪いは何の「ものさし」で決まるのか、初心者のように、そのことを考えてしまう。

「夢の世に葱を作りて寂しさよ」「朝顔や百たび訪はば母死なむ」永田耕衣の、こうした句を詠みたい。

春夕焼田園調布は坂ばかり

【季語＝蝶々】

四月九日（月）

私の記憶に間違いがなければ、石田波郷は「春」はもっとも詠みにくい季節だと述べていた。「春風駘蕩」という文字からして、私にはもっとも縁のない言葉と思っている。

その反面、気分を開放したいと思ったり、要するに気分不安定。良いことではない。

私はどうしたら、理想的な余生を送ることができるのであろう。迷っている。ふと思い立って屈伸体操をしてみた。重い気分の一枚ほどうすくなった気がした。

人間と蝶々の距離風が知る

四月十日（火）　【季語＝芽木の風】

三月末に行った「俳人九条の会」で遠藤若狭男氏の講演は好ましかった。飾らぬ口調で聞いている人の心を摑んだと思っている。「ペンを捨て町に出よう」この言葉は現代俳人に欲しい。二月、この世を去った金子兜太氏のためにもである。

芽木の風俳句に心欲しかりき

四月十一日（水）　　**【季語＝春蟬】**

総合誌「俳句四季」に約五年に亘って連載している「すぐれた俳句達」の一部を、この度新書版で上梓することになった。書名は『俳句の味方』。「港」の高坂小太郎氏の装幀もツボを得ていて気に入っている。部分部分を拾い読みして自分が書いた文章にうなずいている自分。幸せなひとときを実感している。

上梓冥利というものだろうか。そう言えば第一〇句集、生涯に悔のない本にする。いや、したい。私の胸中にその思いが渦巻いている。

春蟬のふつと幻聴かもしれず

四月十二日（木）

【季語＝鳥帰る】


満八十七歳の誕生日。

八十七年前の日本は満州事変が起きて、それから昭和二十年八月十五日まで戦争の日々だった。

世界で例を見ない原子爆弾を二つも落とされ二十万人を超える人が一瞬にして殺された。

もっと早く戦争終結の形がとれなかったのか。当時の上層部、今の上層部と責任のなすり合い、忖度、国民無視、ほとんど共通している。

国民に安心感・幸福感を与えるのが政治の本来ではなかったか。

珈琲を思いきり甘くして飲む。

雲のみが平安でゐて鳥帰る

四月十三日（金）　　【季語＝白魚汁】

スーパーで買った温めるだけでいい「梅粥」を袋のまま温めての食事。緊張感がすぐ「おなか」にくるが、こうすると「おなか」の機嫌が直る。添削依頼が届く。添削ロボットがあればよいと思っている。できる筈と思っている。

第一〇句集の句の再吟味。神よ。

老人の私のための白魚汁

四月十四日（土）　【季語＝春深む】

本部句会。

祝賀会直前の句会ということで、ふだんとちがう雰囲気が漂っている。すべてスタッフがやるから私は何もしなくてよいのです、と言っていた主宰が居たが、私にはそれができない。

句会にはいまでも金子兜太追慕の句が出る。本当に大きな存在だった。送られてくる結社誌には、さほど兜太追慕の句は出ていないのは俳句観の相違だろうか。

兜太似の雲なかぞらに春深む

四月十五日（日）

【季語＝春の鵙】

「あすか」五十五周年祝賀のため「新横浜国際ホテル」へ。前主宰名取思郷氏は温厚な人で、いまの野木桃花氏も心しずかな人である。

春の鵙新横浜といふところ

四月十六日（月）　【季語＝花】

「港」の会員で富山に住んでいる玄葉志穂さんが第一回富山県現代俳句協会賞を受けたことを知った。

「港」ではまだ新しい人だが、俳句作品は非凡な発想があって、すぐに注目をした人である。

原子炉やためらひもなく凍てにける

受賞作品中の一句だが、固い素材をさりげなく今日的に詠んでいる。審査された宮坂静生氏もこの句を採り上げている。

「港」の三〇周年記念にふさわしい朗報である。

山里の花を思ひて稿埋めし

四月十七日（火）

【季語＝春苺】

大きな行事に対応しているが、尚ひとつ大きな「ポカ」があるのではないか、そのことにこだわっている。

「ケ・セラ・セラ」失礼な言葉かもしれないが、こうして自分をなだめている。

「港」の某氏から、すこし痩せましたねと言われる。気にしないことである。

春苺なごみの赤でありにけり

四月十八日（水）

【季語＝沈丁】

終日机上の仕事。その時の私の背はきっと閉鎖的になっているにちがいない。
息抜きに新聞をひらく。この頃スポーツ欄に興味が失せている。これも世の中に背を向けている証しか。大会を控えての対人恐怖の証しかもしれない。

庭あれば沈丁の香に溺れたく

四月十九日（木）　【季語＝木の芽】

事業部長などとさまざまな打ち合わせ。たいした用でもないのに電話をかけている。要するに落ち着かないのである。
宮城県から富山県から大分県から参加される人の無事を祈っている自分。妻の足が不自由でなければ、今日ぐらい夜は外食したいのだが……。

あつあつの木の芽てんぷら想ふのみ

【季語＝松の花】

四月二十日（金）

「港」創刊三〇周年祝賀の会をグランドプリンスホテル高輪で。ご来賓約一二〇名、「港」一五〇名。雲の上に居るような気持。命を縮めることは確か。

それでも屈強な同人の人達が支えてくれてうれしかった。

こうして二度とない日も終った。

松の花こぞりし径を帰路とせし

四月二十一日（土）　【季語＝春の海】

前日の疲れにもかかわらず、午前六時には起きている。昨日のことが早送りの映画フィルムのように脳裏をめぐる。しかし、身体はゆっくりと仕事に向う。

あの人の言葉、かの人の挨拶、そして米つき蟆蚸のような私。映画のシーンのようにつぎつぎと浮かんでは消える。こうしたシーンは死ぬ時にフラッシュバックするのか。

さあこれからは本来の自分に戻ろう。八十七歳であるけれど、自分のこれからのシナリオは守るつもりである。

春の海いまは紺青かも知れず

四月二十二日（日）　　【季語＝百間忌】

蒲田の句会を休ませて貰う。支部長の進言もあったからである。「命の洗濯」こんな古い言葉が今の私にぴったりである。

それでも毎月の「港」の仕事は厳としてありその仕事に向う。

五、六人の若い声が家の前を通ってゆく。彼等には明るい日々がある。

腰背中いよいよ曲り百閒忌

【季語＝木の芽どき】

四月二十三日（月）

四月も最後の週となった。

老夫婦の食糧を確保するためイトーヨーカドーへ。合理化されて見た目はよいが、なにかむなしい、ビジネスの感じに襲われる。むなしいと言えば、東京新聞のコラム欄に載った法政大学教授の山口二郎氏の一文が想い起こされた。一部を抽いてみる。

「我が国の首相は市民の声など聞きたくないのだろう。ならば聞こえるまで声を上げるしかない。我々が虚無主義になれば、あちらの勝ちである」考えさせられる一文だった。

木の芽どきそれぞれの芽は心持つ

四月二十四日（火）

【季語＝逝く春】

六月号原稿整理。八十七歳の身にこの仕事は小々きびしくなった。まず句を捜す仕事からはじまる。

そんなとき「聖路加国際病院長」の日野原重明氏の生前の仕事を思い出して自分に活を入れる。

で、窓の隙間から見える雲を追っている自分に気づく。

逝く春を告げゐるやうに雲流れ

四月二十五日（水） 【季語＝麦青む】

入稿する原稿の中から片山由美子さんよりの手紙が出てきた。「港」記念号に対するお祝いのハガキで、丁寧にしまったつもりが紛れこんだらしい。

片山さんはこれから一誌を担って行かれる。傍目で考えてもさまざまな大役を負う様子で、順調に進むことを心から祈っている。なによりも健康第一と老人の私が祈っている。

まなうらの野面いよいよ麦青む

四月二十六日（木）

【季語＝春日】

もう一年の半分の号まで来た。年をとるわけだと自分ひとりで納得している。

印刷会社に出張しての入稿編集。その様子が手にとるようにわかる。

私は私で目の前の仕事に当っている。

このごろヨーグルトを甘くして飲んでいる。

編集の終りし頃か春日落つ

四月二十七日（金）　【季語＝芽木】

同人句会。

三〇周年祝賀の後の句会で、やはりやわらいだ空気になっている。

同人達は、「反省会」をやるらしいが、私はまっすぐ帰る。一抹のさびしさはある。

気をとり直して第一〇句集のチェック。

只事句を発見すると、堤防が決壊するように、みるみる自信がなくなってゆく。どのレベルが正しいのか迷路に入ったような気持になる。が、この苦労は決して不愉快ではない。「上を向いて歩こう」か。

芽木光りおのれの齢を忘れけり

四月二十八日（土）　【季語＝四月逝く】

「港」の俳壇筋の発送は、私が当っている。「俳句年鑑」を脇に置いて、さまざまの思いと共に体を動かしている。

「さまざまの思い」とは、八割はその版元・結社のトップの人達の思いのことである。

「結社を持てば、大きくてもちいさくても苦労は同じ」。この言葉は三十年前の「狩」の鷹羽狩行氏の言葉である。

四月逝くわが誕生月も終りけり

四月二十九日（日）

【季語＝砂糖水】

「昭和の日」、休日である。

昭和六年、満州事変の年に私は生まれ、昭和二十年まで十四年間戦争の日々だった。

平和、それは焼夷弾で家や人が焼かれないことだと知ったのである。一晩中逃げ回った母と姉はすでに故人、父も兄も勿論故人、昭和は遠くなりにけり、である。

昭和てふうすれゆくなり砂糖水

四月三十日（月）　　　　【季語＝四月尽】

振替休日。連休を作って金を使わせようという算段であろうけれど、殆どの人は、そんな計算に乗っていない。

私にしてみても郵便物は来ない、の一点だけでも「経済活動」は停滞する。「無理にでも遊べ、金を使え」は日本人には似合わない、と一老人の私は呟く。

世の隅に世を見てをりぬ四月尽

五月

ゆっくり暮せと五月の雲流る

【季語＝五月】

五月一日（火）

いわゆる五月連休（ゴールデンウィーク）に入る。

心なしか東京が静かになっている。で、私はと言えば三件ほどの句集と同時進行で向き合っている。

あえて具体的に書くと、小泉瀬衣子の第一句集『喜望峰』の最終校正。白土昌夫氏の句集のための選句。そして私の第一〇句集の最終的な選句。

この第一〇句集は、あえて大仰に書くが命を賭けた句集と考えている。

私は古い人間だから、七十余年前の対ナチスへのノルマンディー上陸作戦、ぐらいの気持でこの句集を胸中に位置づけている。

今は、その気持と作品の乖離に苦しんでいる、ということである。

五月二日（水）　【季語＝巣箱】

「俳句界」の雑詠選。

ハガキ大の投句用紙が高さ十センチを超えている。自分の選句の眼を信じていなければ、乗り越えられない量となっている。

その俳句が目に入ったときの印象というか引力・磁力を信じるしかないと思っている。

巣箱など架ける暮しをしてみたき

五月三日（木）　　【季語＝五月連休】

暦を見ると、今日から六日まで休日となっている。
この休日は、国民のためのものより政治家の骨休み、と思えてならない。
ふつうの人は（もしくは家計に余裕のない人は）、五月にこんな連休が必要だろうか。
夜、レタスにオリーブオイルと塩をかけて馬のように食べている私。

誰がための五月連休犬吠えて

五月四日（金）　【季語＝新茶】

今は亡き野坂昭如が、バーのカウンターの隅で背を曲げて原稿用紙の枡目を埋めている姿を誰が想うだろうか、という自嘲的なエッセイを書いている。

電話もない郵便も来ない数日間、気がつくと私も野坂昭如と同じ姿勢でペンを進めている。

かうなればせめて新茶を楽しまむ

【季語＝春筍】

五月五日（土）

「港」同人の関根道豊氏のエッセイ集『半生』を読む。関根道豊氏はタフな文筆家と言い切れるし「書く」エネルギーが凄い。その文体も生産的で自己韜晦ではない。雑誌「サライ」にまで筆が及んで氏の広い視野に感銘している。

春筍のほくほくの味遠い味

五月六日（日）　　**【季語＝初夏】**

三〇周年以後、初めての地元での句会。
あの日のことが改めて話題となり胸がいっぱいとなる。
句会が終って、やはり妻のためまっすぐ帰る。イトーヨーカドーで味気
ない弁当を求めてである。
さびしさとも自嘲とも、やるせない気持。

しんじつ淋しいはつなつの黄昏は

五月七日（月）　【季語＝緑陰】

つねに利用している大企業ビルの中の郵便局や金融機関を、カートを重そうに曳いて歩いている私の姿は、何の仕事をしているお爺さんなのか、などと思われているにちがいない。そんなことを思いつつ歩いている。

そのビルの前にみごとな銀杏の老大樹が植えられていて立派な緑陰をつくってくれる。

毎年夏がくると、私は砂漠のまん中で泉にめぐり逢ったような蘇生感を味わっている。

大都会の端に立ち尽している「楽しい落伍感」、そんな気持である。

緑陰がすでにうれしき八十路なり

五月八日（火）　【季語＝薔薇】

施設で暮していた姉が逝ってから、思いもかけない所から電話がくる。「血縁」「血」を感じて、改めて「しがらみ」を、今思っている。決して利得云々を思ってはいけないことである。それを自分に言い聞かす。

刺ありてこそ美しき薔薇となる

五月九日（水）

【季語＝麦秋】

小津安二郎の映画の一シーンで、つねに胸によみがえるシーンがある。バーのカウンターの隅で、東野英治郎が扮する中老年のサラリーマンが「なにがおもしろいのか知りませんが、倅は赤いネクタイを締めて会社へ行っています」と呟いているシーンが私の眼裏に残っている。人生の晩年を迎えた老サラリーマンの哀歓が、フランス映画のような一齣として私の記憶の底にある。

麦秋の風も齢を重ねたる

五月十日（木）　【季語＝葉桜】

毎日新聞の文芸欄に、四月二十日に行った「港」の三〇周年行事のことが書かれてあった。筆者の酒井佐忠氏は、ずいぶん長い間の俳句上の理解者という気がする。ふらんす堂から、その記事がＦＡＸで送られてきた。嬉しくありがたいことである。

葉桜やかの日のことがありありと

【季語＝遠郭公】

しんしんと遠郭公や「なぜ詠むか」

五月十一日（金）

私が勤めていた城南信用金庫の元理事長吉原毅氏は、「原発ゼロの社会を実現する」という理念で、小泉純一郎氏などと活動している。こうした民意の「うねり」は絶やしてはならぬものだと思っている。もう何年も前だったろうか、吉原氏が理事長であったとき、理事長室で氏と話した日のことが強く印象に残っている。原発は本当に恐しい災いを起こす。福島県がその事実を示している。こうした理念を作句に生かしたい、と心から思っている。

五月十二日（土）　　　　　　　　　　　　**【季語＝夏来る】**

本部句会、気のせいか誰も緊張が解けた顔をしている。緊張は実際体調によくない。緊張すると私はすぐに腹にくる。温かいココアを飲んでごはんを控え目にする。これが私のせめてもの対症療法である。

夏が来てゐしマンションの裏手

五月十三日（日）　【季語＝青嵐】

「港」に載せる原稿は十五日が締切である。つくづく一か月が早い。奇数日の日曜日の句会は欠席させてもらっている。その分、自分のノルマを果す。

私はつくづくと悪筆、この字に編集の人は困っているだろう。姉の遺産（ほんの僅かの）について行政書士より電話がくる。

きやうだいの吾のみ残り青嵐

五月十四日（月）

【季語＝片陰】

「文學の森」主催の各種表彰式に出席。佐高信氏と私が祝辞を述べた。私は、「文學の森」の、しがらみのない切口のよい記事や編集の鮮やかさについて述べた。

佐高信氏の祝辞は、爽やかな弁舌で印象深いものだった。とまれ有意義な会であった。

都心にも片陰はあり辿り行く

五月十五日（火）

【季語＝ほととぎす】

我孫子句会へ。
我孫子駅の駅蕎麦がネット上で有名で、つねに混んでいる。ネットの力は凄い。
高層ビルの一室で快適な句会。この句会も三十年つづき、出席する度に特別な感慨にとらわれる。

波郷愛せし我孫子の町やほととぎす

五月十六日（水）

【季語＝聖五月】


青葉句会出席。田園都市線「たまプラーザ」で前田千恵子さんが待っていてタクシーで会場へ。

この辺りは、まだ充分に田園の面影をのこしている。句会で用意されている「おにぎり」が楽しみだ。

高橋淳二氏の誠実な句会進行が印象的。私の口調もなめらかとなる。この句会が終るといつもパイとワインで楽しむとか。

私は私で第一〇句集『朝の森』の句のチェックに深更までとり組む。が、吐息をついてはならない。

聖五月おのれ諫めてゐし夜の

五月十七日（木）

白土昌夫氏の第一句集の選句。書名は胸の中にあるが、著者にはまだ話していない。温厚な人柄を反映して前半は穏健な句が多かったが、後半はよい意味で句風が変ってきて

いる。

たのしみな句集になる筈である。

夕虹や吾にもありし処女句集

【季語＝夕虹】

五月十八日（金）　**【季語＝ところてん】**

原稿等整理。金子兜太氏にかかわる原稿依頼がまだ来る。本当に大きな存在の人だった。今の管理社会に於て、もうこのような俳人は出ないであろう。なぜならば管理は「計算」と通底するからである。管理は、やがて監視、ひいては密告に通じる。それが恐しい。それを真剣に考えてしまう自分が怖い。

せめて夜は寅さん映画ところてん

五月十九日（土）

句会へ。

車中で添削のペンを動かす。あの老人は何をやっているのだろうと訝しむ目に会った。忙しいのだから仕方がないと自分に言い聞かす。

句会はつねにハイな気分が漂っていて、その時、私は十歳は若返っている筈である。

帰ると机上が妙に整っている。乱れに乱れている机上を、膝痛の妻がととのえたのである。

妻と言えば、最近妙に妻へ大声を出すようになっている。それを反省するために今度は暗い顔になっている自分。あゝ。

【季語＝白玉】

白玉やつくづく齢かへりみし

五月二十日（日）　　　　**【季語＝青嵐】**

昨日は埼玉県下での句会、今日は神奈川県下の句会。大船観音像が五月の日に映えて遠目に見ても心が休まる。十七句を「港」の長谷川洋児氏に送る。解説を頼むためである。健康で句が詠めることをもっとも幸せと思わなければならない。

青嵐観音像は眠たげに

【季語＝青嵐】

五月二十一日（月）

第一〇句集『朝の森』の原稿等をふらんす堂へ送る準備。「いよいよ第一〇句集ですね」と添書された手紙が某女流からきている。この「いよいよ」という言葉が私に元気を与えてくれた。この「いよいよ」の仕事に老体力をそそぐ気持でいる。

青嵐てふ棒を支へとし

五月二十二日（火）　　　　　　　　　　　　　　　**【季語＝新樹】**

かかりつけの大学病院で定例の健康診断を受ける。血液中の「血小板」が少ないため検査を受けることになった。「癌でしょうか」「それは九十％ありません」医師と私の会話。自分が苦しむのは仕方がないが回りに迷惑はかけたくない。いよいよ無口になる。

新樹やゝ蒼ざめてゐしひとところ

五月二十三日（水）　【季語＝五月の空】

昭和二十年の五月はどのような暮しをしていたか、それを思う時がある。空襲で焼け出されて、焼トタンで掘立小屋をつくり、しゃがむような格好で、訳のわからぬ「代用食」（芋や大豆の炒ったもの）を食べていた筈だった。

工場等は空襲で焼けて零、空気はきれいだった。そんな環境でも希望はあった。

映画監督になりたかった。だから米の飯が一粒もなくても希望はあった。

昭和二十年五月の空は澄んでゐた

【季語＝麦落雁】

五月二十四日（木）

私の血液の血小板の少ないのは、諸種の検査の結果、ピロリ菌の作用によるものと判明。胸のつかえが一度にとれた。現金なもので食欲が元にもどっている。夜、添削、選句など、どっと増えてきた感じ、それらに前向きに当っている私。気がつくと夜十一時を過ぎていた。

つくづくとちさき吾なり麦落雁

五月二十五日（金）

【季語＝五月寒】

二十五日という日、なぜか月給日が多い。私の記憶では、夜遅く父と母がチャブ台に月給袋を置いて暗い顔をしていた姿が残っている。貧乏は辛い。私の肌身に沁みてくる。

ちちははの背やまじまじと五月寒

五月二十六日（土）

【季語＝辰雄忌】

同人句会。

かならず何かの「詠み込み」が出ることになっている。それがよいことなのか俳句独特で趣味的なのか。私は発想力をつよくするため必要であろうと思っている。

俳句は象徴詩、俳句は打座即刻などと権威をつけたがる面もある。私は「打座即刻」が最も俳句の生理感と合っていると思っている。

辰雄忌の森と風ふと思ふなり

五月二十七日（日）

【季語＝夏木】


俳壇筋へ「港」を送る仕事にとりかかる。

考えてみれば結社誌の創刊者の八割程は、他界、引退されているのではないだろうか。私より年下の人が高齢を理由に第一線から多く退いている。

私は人に言えぬ「ロマン」が実現するまでがんばるつもりである。

老いゐたる夏木にも意志ありにけり

五月二十八日（月）　　　　【季語＝水を打つ】

五月最後の週となった。
机の抽斗の調子があまりよくない。忙しい私の仕事を妨げるかのように悶えてしまう。仕事を妨げる「サタン」が居ると思っている。ともあれ、原稿を印刷会社に送ることができた。夜は意識的に机から離れる。

マンションのテラスに妻は水を打つ

五月二十九日（火）

【季語＝新茶】

第一〇句集『朝の森』の原稿を、ふらんす堂へ送る。「朝の森」、なんとも静かな名だが、その由縁は「あとがき」に書いた。まさかまさか一〇冊の句集を編むとは考えてもいなかった。自分の可能性を追ってみる。ガリ勉の苦学（なんとも古い）のような気持になっている。父母や姉達が眠っている仏壇に、新茶を丁寧に淹れて捧げる。第一〇句集のためにである。賽は投げられた（これも古い）。

新茶てふ祖先に捧げるためにあり

五月三十日（水）

【季語＝麦嵐】

大分のある市の、名前は知っている人から手紙がきた。金子兜太氏亡き後「先生がその道を進むべきではないか」、という趣旨であった。その手紙の文の後半からは、この国の右傾化を心から憂いている気持がつたわってきた。

静かな深い「うねり」、こうした事象は絶えていることは確かである。これも計算され尽した管理社会の結果であろうか。

ゴルフ場で、たのしそうに球を打っている姿、それを機械的に放映するメディア、なにか怖い。

義憤てふ老人はあり麦嵐

五月三十一日（木）

春でもない夏でもない「聖五月」も今日で終りである。
娘の小泉瀬衣子の『喜望峰』、完全に親バカになって動向を見守っている。
仲寒蟬氏が適確な「序」を書いて下さっている。

【季語＝聖五月】

船遊てふ生涯になし聖五月

六月

【季語＝薄暑】

六月一日（金）

アフターケアのため東邦大病院へ。

あたりまえだが清潔な、大病院の大廊下を歩むとき、ふしぎな勝利感がある。本当は敗北感が身心を領すのであろうに。

身体によさそうなつめたい「水」を病院のロビーで買う。そして一句でも詠んでおこうと句帳をひろげる。

谷川の水を汲みたき薄暑なり

六月二日（土）

【季語＝ビール】

明日の句会の準備。

「描きて赤き夏の巴里をかなしめる」夏がくると、つねに口に出る句である。

波郷の句には、どこか痛み哀しみがあって、つねに惹かれている。

お腹のためにはよくないが、キンキンに冷したジョッキのビールが飲みたい。

ちひさめのビールジョッキを買つてみし

六月三日（日）　【季語＝肌脱ぎ】

句会へ出席。事故防止のためカートを曳いて歩いて句会場へ行く。坐るや否や編集部から資金部から相談が次々とくる。そのとき私は六十代にもどっている。いま私は後藤比奈夫氏のやわらかい詩精神を求めている。

壮年にときどきもどり肌脱す

六月四日（月）　【季語＝新茶】

ふらんす堂に第一〇句集『朝の森』の原稿を送ってある現在、いっさいを「まかせる」「お願いする」他はない。装丁を選べる「楽しさ」は、まだ残っている。

なぜだか、森澄雄の俳句世界に急に接したくなって氏の十三句集『虚心』（文學の森）をひらく。

在りし日の妻と連れだち壬生念佛
波郷忌にしばし瞑目藪柑子

しずかで深い俳句である。八十歳代の俳句、それにつけても九十歳に近い私の俳句は、なんと「現世的」であろうと思っている。所詮「人間の器」の相違である。

遠い日の淡海や新茶汲みてをり

六月五日（火）

【季語＝蟻】

俳壇筋に送る「港」の準備。

ある考えがあって私がやっている。妻も袋詰めなど、てつだってくれる。

九十歳近くなると本が重い。よたよたよちよち、そんな恰好で仕事を進める。

テレビは相変らず言った言わないの低いレベルの報道を流している。

権力は守られ蟻は踏みにじられ

六月六日（水）

【季語＝若葉どき】

東邦大病院、循環器定例検査。

帰途、イトーヨーカドーで必要以上に食品を買いこんでしまう。何かの「心」の反動であろう。結果期限切れで捨てることになる。

テレビでトラックが何台も食品を捨てているシーンが目に残っている。必要なだけを買えばいいのだが。

内戦に痩せこけた子や若葉どき

六月七日（木）

【季語＝薄暑】

結社誌の中から二句鑑賞する仕事があり、私が当っている。よい俳句は、今の私の俳句観から述べるとせいぜい八十年か九十年しか生きられない生涯のありようを、地球に刻印するような気持のこもった句と言えようか。言いかえれば、自分に嘘をつかない句とも言える。

句帳手帳くたびれてゐし薄暑なり

六月八日（金）

【季語＝冷麦】

もう金曜日、一週の早さにおどろいている。

ふらんす堂へ送った私の句集の原稿、その悪筆乱雑に苦労をされていると思うと、何か落ちつかない。悪筆乱雑を執念の果てと思って下さればなどと勝手に考えている。

昼間、机にうつぶしている自分に気づく。夏野菜をばりばり食べてみたくなる。

冷麦や一週ごとに齢をとる

六月九日（土）

【季語＝夏】

本部句会が終って、喉を潤すこともなくカートを曳いて帰る。畦道が道路となった大田区大森北の町は、まことに歩きづらい。が、この道を私の祖先が鍬をかついで往来したのだと思うと、マンションばかりの道筋が意味あるものに見えてくる。

百姓の股引姿夏まぼろし

六月十日（日）

【季語＝祭前】

中野杉並句会。
相変らずの雑踏。会場が変ったのでタクシーで行く。
同じ区でも街の雰囲気はまるでちがう。老人の私に回りが気を使ってくれる。
夜、添削依頼が多くきている。

祭前車中に三度席ゆづられ

【季語＝祭笛】

六月十一日（月）

住んでいるマンションの大改修工事がはじまっている。マンションの工事の人らしい人が、途中でエレベーターに乗ってきた。あ、疲れた、そして大きな溜息。

「八十七歳の私もがんばっています。がんばりましょう」と私。その人はちらと私を見て「はい」と答えたようだった。

よけいなことを言っただろうか。でも、その人の返事の感じがよくて、私の心は妙にはればれとしてきた。

会話がない、というのがもっともよくない。この都会の砂漠では、とひとりつぶやく。

はればれとして遠方の祭笛

六月十二日（火）　【季語＝線香花火】

小泉瀬衣子の『喜望峰』に後藤比奈夫先生が丁寧な感想文を送られたことに感銘した。

後藤比奈夫先生の俳句からは、たしかに省略の妙を、つねに感じている。もし、私が先生の立場だったら、あのような返事が書けるだろうか。それを深く考えている。

しづけさや線香花火の珠落ちて

【季語＝薄暑】

六月十三日（水）

藤が丘句会へ出席。前にも触れたと思うが、句会場は坂を登りきった処にある。

「坂」は本来味わいがあるが、高齢者には辛い。五月、坂、夕焼、メランコリー、たしか石田波郷にこうした思いを混ぜた俳句があった筈である。

薄暑てふ季語坂道のためにあり

六月十四日（木）

【季語＝夕焼け】

定期検診を受ける東邦大病院へは、大森、蒲田を往復するバスを利用する。やはり自分を含めた高齢者が利用する。高齢者でも凛として老いた人、疲れ果てた感じの人がいる。

で、私は。傍目には、隠しようのなく老いを感じさせる人の部類に入るのであろうが、「私は、世にも老いにも負けていませんから」と書いた札を身体にかけようと思っている。

このごろ心が折れそうになると、後藤比奈夫氏の俳句を読むことにしている。

高上りせず美しき花火あり

氏の最新句集『あんこーる』（ふらんす堂）からである。

入院せし六階病棟へ夕焼け

六月十五日（金）　【季語＝麦の秋】

「港」は十五日が投句締切日なので、メールボックスに入りきれない程の郵便物になる。皆、あのお爺さんは何の仕事をしているのだろう。そう思っている筈である。

籠に入れこむ郵便物や麦の秋

六月十六日（土）

【季語＝メロン】

メロンは、甘さの部分があまりにもすくないため、より高価に思うのであろう。昔、真桑瓜というものを、もっと豪快に食べた記憶がある。俳句も儚げに詠めばいいのではないかと思ったりする。「触れなば落ちん」、そうした感じの俳句がもて囃されるのかもしれない。そして若者向けに、訳のわからぬ観念遊戯的な「かくし味」を付ければ、難解だけど面白そう、として注目されるのかもしれない。
実際○○賞の受賞作をつぶさに読むと、そうした思いにとらわれる。だからとしよりは嫌い、そんな声も聞えてきそう。

メロンてふ儚さ旨さ日が暮れる

六月十七日（日） 【季語＝夏】

板橋区の句会。最近あの池袋駅の雑踏が怖くなって、小泉瀬衣子の車で赴く。

活気ある句会である。俳句も個性の光る句が多い。実際、車でのゆき帰りは楽で、古い人間である私には「勿体ない」ほどである。

車中ですこしまどろむ。

まどろみて車中と知りぬ老いの夏

六月十八日（月）

【季語＝夏】

白土昌夫句集『青田』の初稿。句集を編むとき、季語が乱れていないか、つまり季語が、その作句時と合わないのではないかということが、もっとも難儀である。

『青田』の初校時にも、その整理と格闘した。すこしでも良い句集にするための苦労である。

さまざまな苦情礼状届きし夏

六月十九日（火）

【季語＝サイダー】

ベッドから落ちた時の肩の辺りの痛みが残っている。床すれすれの高さのベッドもあるそうだが老先を考えてやはり勿体ないと思うだけ。ひとつ退嬰的に考えると、すべて同じ気持になる。結果、仕事もはかどらない。思い直して「港」発表のための句をととのえる。

きりきりの冷しサイダー飲みたしと

六月二十日（水）　　【季語＝団扇】

「ヘタでもよいから丁寧に書いて下さい」。この言葉は、何十年も前、NHKの添削講師をしていた頃の受講生からの言葉である。私の利き手は握力が弱く、どうしても上手な字が書けない。私の悪筆は生理的なもの、どうかご理解下さい。

頭上の鳥がうるさい、とひとり呟く。

ちさき団扇ちさき風しか出さぬ

六月二十一日（木）

【季語＝夕焼】

「港」八月用の原稿整理。この仕事も三十余年してきている。小泉瀬衣子が手つだってくれる。主宰交代、又は廃刊、こんな通知がくると、羨しいと、ふと思う。

夕焼の赫さやものを言ひたげに

六月二十二日（金）

【季語＝夏山】

金子兜太先生お別れの会が有楽町の「朝日ホール」で行われる。多くの方々が、反戦の闘士の死を悼んだ。現代俳句の潮目は変るのか、星菫派、観念的難解派が増えるのか、今は読めない。言えることは、俳人は俳句を以て戦争反対を詠みつづけなければならぬ、ということである。

兜太の死以後も夏山動かざり

六月二十三日（土）

【季語＝冷酒】

「港」に、もうひとつ論文が欲しいという気持がある。よく若い俳誌で見る衒学的な論文ではなく、説得力のある地に足の着いた論文が欲しい。何か月か連載してもよいと思っている。「港」には論客が居ると信じている。

よき友と冷酒酌みたき思ひあり

六月二十四日（日）　　【季語＝独歩忌】

蒲田の句会。

蒲田の街を歩きながら、もう一年の半分が終るのだという思いがよぎる。句会の帰途、私のするような講評で皆は満足して帰途についているのだろうか、などと考えてしまう自分が居る。

独歩忌の野山は想ふばかりにて

六月二十五日（月）

【季語＝夏】

六月の最後の週と書くと、どこか沈んだトーンになるが、私はそうした感慨に浸る暇はない。
第一〇句集『朝の森』が徐々に出来上ってゆくための、さまざまな対応を考えなければならない。そのための体力気力を保つ意味で「黒にんにく」を食べはじめる。

手放せし山荘想ふ夏の午後

六月二十六日（火）　【季語＝白玉】

三〇周年祝賀の後にすこし体調を崩して、句会のいくつかを欠席した。その時の気持は、信金マンが信金の仕事を果していない、という感じで決して愉快ではない。

出掛けられないからデスクワークをしているが、思ったほどペンが進まない。所詮貧乏性、あるいは私には昭和三十年代に流行した「モーレツ社員」の気風が沁みこんでいるからであろう。「ああ日本人よ」と心中ひとり呟く。

白玉に齢を忘れて髭伸ばす

六月二十七日（水）

東邦大病院へ。血液科。
診察を待っている間スマホで「俳句日記」を読む。
金子兜太先生にもやっていただきました、という山岡喜美子さんの言葉
がつねによみがえってくる。
帰宅早々明日の入稿の仕事にとりかかる。『朝の森』の寄贈先を確認する。

忙しさは薬か毒か梅酒飲む

【季語＝梅酒】

六月二十八日（木） 【季語＝夏帽子】

八月号入稿。

印刷会社の一室で行っている。その会社の所在は品川区豊町。そこはかつて、長女の山田まり、次女の小泉瀬衣子がちいさい頃、汗まみれで遊んでいた場所。夕方暗くなると若かった私が家へ連れて歩いた処である。本人達にそのことを言っても、全然覚えていないと言う。こう書く私がすでに「二度童子」になっている齢。たしかに彼女達は覚えていないかもしれないが、私は逆に、そうした記憶が鮮明になっている。

しかし私は眼前の仕事には「ポカ」を出しつづけている。「輪廻転生」だろうか。

夏帽や妙に鮮やか過去の景

六月二十九日（金）　**【季語＝夏】**

「蛇笏賞・迢空賞」贈呈式。ホテルメトロポリタンエドモンドで。飯田橋や御茶ノ水駅附近は、巴里の匂いがする、と林芙美子がエッセイで書いている。受賞者を心から祝わねばならない。

東京の夏やもつとも壕の水

六月三十日（土）

【季語＝六月終る】

一年の半分が過ぎた。

本当に早く過ぎる歳月。歳月は、人を鬼にも仏にもしてしまう。そして私は、どちらにもなれずうろうろしている。

半年を冷静にふりかえらなければならない。それが一年の後半への姿勢につながるからである。

採血の多き六月終りけり

七月

【季語＝冷し酒】

七月一日（日）

洗心句会。

一年の後半の第一日目の句会、と考えると新鮮な感じがする。何でも心の持ちよう、改めてそのことを認識する。

水原秋桜子は仮に内輪の句会でも本気で向かう、と「馬酔木」で読んだ記憶があるが、私も同じである。自分でこれと思った句が採られていない残念な気持は五十年前と変わらない。

逆に言えば、こうした「口惜しさ」を持つことが大切なのではないかと思っている。

口惜しがる気持大切冷し酒

七月二日（月）　【季語＝日雷】

必要があって私の上梓した句集を整えてみた。たしか九冊だと頭で認識していたが、どうしても九冊目の句集名が思い出せない。
ふと顔を上げると、その九冊目の『地平』が目に入った。なぜ記憶から飛んでしまったのだろう。俄かにその『地平』がいとおしくなっている。

さう言へばそのこと増えて日雷

七月三日（火）　【季語＝サイダー】

父とつくりし防空壕よ白南風よ　広

戦中、近所の原っぱの隅に空襲に備えて父と防空壕を作った。防空壕と言っても穴を掘って上に石や砂をかぶせた「チャチ」なもの。貧乏サラリーマンの、それが空襲に対する精一杯の「備え」だった。汗みどろになって生ぬるい水筒の水を飲んで一休みしたとき、品川沖の風が心地よく全身を包んでくれた。父は、くたびれ果てた表情で土の上に腰を下ろしていた。そして、そんな荒造りの防空壕に入っていた人は、「丸焼け」になってしまったと聞く。

夏景色とはB29を仰ぎし景　広

いっそ懐しい思い出となっている。

戦中やサイダーてふは夢の品

七月四日（水）

【季語＝祭前】

横浜支部句会。
長い坂道はもう無理となってタクシーで句会場へ。硝子窓の沢山ある会場は別世界の観あり。この横浜の会場にはるか千葉方面から見える人が居て感謝している。帰途はタクシーも来ず追われるようにして徒歩で帰る。

駅の灯にほつと息つく祭前

七月五日（木）

【季語＝螢火】


ふっと「アンネ・フランク」の事を思うことがある。ナチスの眼を逃れての屋根裏生活。昼間は絶対音を立ててはならぬ生活。密告によって結局収容所へ送られる。

息づまる日々だったろう。

それを思うと俳句も、のっぴきならぬ思いをこめなくてはいけないのではないか。

そんなことを考えてしまう自分がいる。

地の果てよりの螢火と思ひけり

七月六日（金） **【季語＝夏木立】**

東邦大病院へアフターケア。その帰りの足で信用金庫、郵便局へと振込や資金の出し入れ。なにせ高齢者なので郵便局の人達が気を使ってくれる。
郵便局の窓は一面硝子張りになっており木立がうつくしい。外国の景色のようになっている。

夏木立きらきらと陽をこぼしけり

七月七日（土）

【季語＝七夕竹】

小泉瀬衣子と「港」会員ファイルを整理する。「港」発刊時の同人は衣川次郎と大牧家関係の人だけとなっている。つくづくと三十年間の歳月を思う。

マンションの入口に七夕竹が飾られた。七夕竹に願いの色紙をかけている刻が人生の花であるのだろう。

考へてゐるごと七夕竹の撓り

七月八日（日） 【季語＝夏の夜】

東京四季出版の「七夕まつり」の為に「アルカディア市ケ谷」へ赴く。この会館へ入るたびに妙な感覚にとらわれる。出口が表通りだと思っていて歩くと裏通りだったり、私にとってふしぎな感じのする会館である。そして、裏通りは嘘のように暗い。

夏の夜の水の匂ひの街なりし

七月九日（月）　【季語＝暑き夜】

必要があって、行政書士が「大牧家」の戸籍謄本をとりよせることになった。それらにかかわる仕事が終って、戸籍謄本がアルバム化されてもどってきた。

大牧何々衛門とか、時代を思わせる謄本を手にしたとき、やはり「血」を感じた。延々とつながる血脈を思ったのである。目に見えぬ力で私は生かされているのである。それを実感した。

その謄本が収めてあるアルバムを丁寧に書棚の端に収めた。

暑き夜やつくづく祖先思ひたる

【季語＝夕焼】

七月十日（火）

住居の隣りにイトーヨーカドーがある。毎日の夕餉の買い出しの際、缶ビールを買うことがある。

レジで年齢確認のため、タッチパネルのボタンを押す。私の「もうはたちは過ぎているんだけどね」、にうすく笑うレジの人。

すると、私のうしろにいた男性が、この空気につられて「わたしは八十一です」。わたしも合わせるように「わたしは八十七です」。するとうしろの男性は「ああ先輩ですね」とつぶやく。その間二人共顔を見ていない。

こんな「やりとり」で、わたしの心が解けカートを押す足が軽くなった。

会話は大切であることを改めて知った。

いきいきとせし夕焼を知りにけり

七月十一日（水）

【季語＝春草忌】

東邦大病院で血小板検査。

山田まり、小泉瀬衣子も立ち会って医者の説明を聞く。

なにか分厚いステーキでも食べたい気分。ふだんの鬱々とした気分の反作用か。

同時に深くぐっすりと眠りたい気分も。

どの人も吾追ひ抜いて春草忌

七月十二日（木）　　　　　　　　　　　　**【季語＝冷麦】**

「港」第一校正日。

私の持分の原稿に必ず「ポカ」がある。それを言う言葉が「たのしげ」に聞えてしまう私。口惜しく思えないのは、私はまだひどく老いていない証しかもしれない。

すでに投句が沢山来ている。

冷麦や疲れは思考奪ひたり

七月十三日（金）

【季語＝朴の花】

明日の本部句会への準備。これらの仕事に三十年間たずさわっている。改めて支部長の担当している支部の仕事をも思わずにはいられない。同時にさりげなくてつだっている人を私は深い気持で見守っている。で、その人の俳句は深い味わいをたたえている。

朴の花高みに咲いてさりげなし

七月十四日（土）

【季語＝川蜻蛉】


句会。

小泉瀬衣子が車で送迎してくれる。

句会最中になぜか廃品回収車の声が講評の声とぶつかる。老人の私は大声で話さなければならぬ。

思っていることが段々爺むさくなることを反省する。老害と言われぬためにも。

しづかなる老後欲しかり川蜻蛉

七月十五日（日）

湘南支部句会。「大船」へ。

大きな川（名は知らない）の縁を走る。亡くなったKさんが、川面を見ながら煙草を楽しんでいた姿を、この川沿で、つねに思い出す。京浜東北線の終点で降りて終点から乗る。電車が、がくりと動き出すと、すぐに眠気に誘われる。

【季語＝夏深し】

エスカレーター夏をいよいよ深くせり

七月十六日（月）　【季語＝ごめ】

「海」三十五周年祝賀の会が「リーガロイヤルホテル東京」で行われ出席。高橋悦男氏が主宰誌を出す、と聞いてから三十五年も経つのである。氏と私は、なんでも言い合える仲と、勝手に決めている。それにしても「海」の記念号は分厚い。一冊にするまで、どれほどの労力・知力が費やされたことであろう。四月に私もこうした仕事に立ち会ったので痛いほどわかる。僚船として、俳壇の海を進んで行こうと、ひとりで決めている。

ごめ鳴くや海は思考を深くせり

七月十七日（火）

【季語＝花火】


仕事が山積みとなっている。

深呼吸して、できることから手をつける。すこしずつ山積みの量が減ってゆく。これは私だけの快感である。

それにしても私の悪筆には人知れず溜息をつく。夜は缶ビール、それもつめたくしていないものを飲む。年齢のためにである。

高階に音なくひらく花火見ゆ

七月十八日（水）　【季語＝巴里祭】

青葉句会。

駅から奥深い地の会館である。個性的な句が多い。

個性的といえば、山地春眠子氏の『月光の象番　飯島晴子の世界』という本が個性的といえよう。

飯島晴子の句は、時空をむしろ楽しく弄ぶような句が多いし非凡。

さつきから夕立の端にゐるらしき

十薬の蕊高くわが荒野なり

など、その発想は、しんとした孤愁感にみちている。

句会の帰途、車中でこれらの活字の虜になる。

終点に気づかずにゐて巴里祭

七月十九日（木）　　　　**【季語＝七月】**

我孫子句会。

我孫子は武者小路実篤等の住んでいた「昭和」よりも「大正」に近い雰囲気をたたえた土地で、今でもその香りは失っていない。

支部長は五十代か六十代、さわやかな人で、文人墨客の土地柄にふさわしい。

六時過ぎ帰宅。

七月の濃くなりてゐし森の色

七月二十日（金）　【季語＝青芝】

小泉瀬衣子に高野ムツオ氏の「小熊座」から原稿か選句の依頼が来たと言う。すこしずつ着実に進んで行くことを願っている。

山田まりも小泉瀬衣子もまだ五十年もペンを持つ機会がある。自分の可能性を試してほしい。

私は私で第一〇句集の成功に向けてとりくむ気持でいる。すこしの欲、すこしの諦めを持ちながらである。

青芝のゆたかなる地を歩みたく

七月二十一日（土）　【季語＝夏の日】

浦和句会。

京浜東北線の浦和と大船に句会場がある。

駅前ビルの十階が句会場。句会になると別の声調になる。いわば仕事上の声。で、わが住居の大森に着くと、声が萎えている。

仕方がないと思っている。

大森駅で夕食のための弁当を買う。四角い箱にきちんと詰められた飯と菜。ふと刑務所の食事を思ってしまう。でも食べなければならない。

夜、鏡を見て自分の白髪におどろく。

かのビルにきちんと夏の日が沈む

七月二十二日（日）　【季語＝夏】

蒲田の句会が終って大森行きのバスを待っている間に気づいたこと、それはバス停の鉄製の長椅子が妙に古典的で見事だったことである。浜離宮辺りの池辺に置いてもすこしも違和感がない。

蒲田駅前は戦後すぐに闇市がつくられて、私も進駐軍のほうり投げたガムを拾った。なぜか盛り場に立つと、かならず戦後すぐの荒廃した景色と重ね合わせてしまう。

だから今の東京の姿が蜃気楼のように見えることがある。言えることは、今の「東京」には「心」がないということである。

夏茫々とひたすらバスを待つ

七月二十三日（月）　　【季語＝不死男忌】

丸く大きな団扇を使うと、なぜか気が治まる。扇風機では、このような気分が得られない。私は古風な人間であるけれど、こうした感触は、ふしぎと言えばふしぎである。

夏の森の中に入ってゆく子供の心をとりもどす解放感といえばよいのだろうか。

窓開けて風呼びこみし不死男の忌

七月二十四日（火）　**【季語＝夏落葉】**

例月通り外部への「港」の発送準備。私にとって送り忘れ、送り遅れがもっとも怖い。

ふっと、この仕事を百歳近くまで行うのかと思ったりする。仕事をしているときは、老いをあまり感じない。

後期高齢者云々の郵便物がくる。もう立派な「後期高齢者」の私、だから医者に「不定愁訴」の話をしても適当にかわされてしまう。「もう、そんな悩み、いいでしょ」と医師の眼は語っている。

こうして、すこしずつ高齢者は世の枠組みから外されてゆくのであろう。

かぐはしき香りは失せず夏落葉

七月二十五日(水)　　【季語＝冷酒】

来年の俳人「九条の会」に、講演者として佐高信氏のご出席の快諾を頂いた。

いま「正論」が、すこしずつ反社会的な謂となっている。戦争の悲惨を知らぬ世代がリーダーとして在る地球上の流れ。

戦争の悲惨をしずかに語り継がねばならない。しずかに深く、である。

とりあへず平和の世にて冷酒酌む

七月二十六日（木）　【季語＝大暑】

暑中見舞は全く儀礼的な新年挨拶とちがって肉声的な文言が多い。私も本音めいたことを書いてしまう。受ける側にしても、正月の葉書とちがって深読みをする。

このような習慣は、きっと、外国にはないと思っている。

大暑なり思ひもよらぬ人の文

七月二十七日（金）　　【季語＝夏の夜空】

午前中は東邦大病院でアフターケア。午後は同人句会。詠みこみは「喜」。小泉瀬衣子が上梓した『喜望峰』から抽いたものだとか。

「小熊座」から小泉瀬衣子へ原稿依頼が来た、と本人から電話。親としてもうれしい。

私も俳句の道に入って、そうした原稿依頼にがむしゃらに応じた記憶がある。とにかく名前を知ってもらわなければ、の思いがあった。そのときにかかわりのあった人は、おおかた故人となっている。「往事茫々」という気持でいる。

雲白き夏の夜空を仰ぎゐし

七月二十八日（土）

【季語＝立葵】

「港」の同人の急逝の連絡を受けた翌日、その人の句会への欠席投句が来た。「急逝」だから在り得ることである。その人の句会結果は良かった。その結果の葉書きを仏壇に捧げて貰いたいと思いつつ返送した。

無常さながら一本の立葵

七月二十九日（日）

【季語＝雲の峰】


七月最後の日曜日。

山が壊れて二〇〇人以上の命が奪われた七月、戦中派にとっては、激しい戦いが終ったあとのような気持。

「戦いすんで日が暮れて」は軍歌だが、私には厭戦歌に聞える。

きんきんに冷えたハイボールを飲みたい。

缶ひらく力まだあり雲の峰

七月三十日（月）　【季語＝夏菊】

二年後の東京オリンピックの暑さ対策のテレビ画面を、見ることもなく見る。

八月という一年のもっとも暑い時期にオリンピックを開くのが、私にはふしぎでならない。

「港」を俳壇筋に送る。小泉瀬衣子が応援にくる。出版社関係の人は結社誌にどう接しているか、ふと思う刻がある。

夏菊や変つてをりし雲の位置

【季語＝夏】

七月三十一日（火）

七月も今日で終り。

八月という月は、高齢者には、原爆を落された月、日本が太平洋戦争で敗れた月、そうした思いがよぎるが、戦争を体験していない人は、どのようにとらえているのか。

昭和二十年の七月三十一日は、訳もわからず焼跡の上の掘立小屋で「うごめいて」いたという逆光的回想しかない。

アメリカのＢ29が、焼跡の上空を悠々と横切って行った。あの銀色の翼が、いまだに眼裏に灼きついている。

日本国民は陽炎のように、うごめいていた。

戦中の夏や汚れし人ばかり

八月

【季語＝日盛り】

八月一日（水）

「そして八月」、などとくちずさんでしまう八月に入る。この国にとって、八月は劇的な月（戦争体験者にとってのみ）である。何かが滅んで何かが立ち上って来たような空気感といえばよいのだろうか。とにかく八月になった。

日盛りやバスは律儀に止る走る

八月二日（木）

【季語＝八月】

第一〇句集『朝の森』のためのさまざまな仕度・準備をする。一句でも二句でも読んでみてください。一人一人にそうお願いしたい気持。一方では堂々と胸を張っていればよい、という気持。どちらも大切であると気付く私。

祇園辺りで頂くような上等なお吸物にめぐり会いたい。

酸素ゆたかに八月の朝の森

【季語＝夏の星座】

八月三日（金）

七十余年前の太平洋戦争も、末期になると妙にしんとした空気に満たされていることを少年の私は感じていた。

たしかに憶えているのは、近所の焼け残った映画館へ入ったとき（学校はもう門を鎖していた）。十人か二十人、息を殺すようにしてスクリーンに目を注いでいた。

もんぺ姿の高峰三枝子が「配給があってありがたい」などと国策に沿った台詞の映画がしろじろと映し出されていた。白昼夢のような記憶である。

遠い遠い夏の星座でありにけり

八月四日（土）

【季語＝初秋】

神奈川支部句会。

京浜東北線の駅に立つと、旅愁のような気持にとらわれる。風は海の気を感じることも一因かもしれない。

車中、信金時代の同僚そっくりの老人と会う。瞬間知らないことにして目を逸らす。

この齢、それでいいのだと思う。

どことなく初秋の気配遠い丘

八月五日（日）

【季語＝八月】

いつもの句会会場は、会館が祭の神酒所に使われるので中止となる。私にとっては珠のような夏休みとなる。

それでも貧乏性の私は、ぼんやりとテレビを見ていることはできない。気がつくと机に向っている。

八月のテレビは映す原爆禍

八月六日（月）　【季語＝梅酒】

昭和二十年八月六日、広島に原爆が落とされた日。人類史上初めての実験を兼ねての原爆投下。一瞬にして何十万という人が殺された。トルーマン大統領がうす笑いを浮かべた日である。ジャップを殺せが、彼等の合言葉だった。殺されたのは何の罪もない人達で、上層部は、しっかりと守られていた。

この日のことを、テレビや新聞は、カーニバルのように放映し記事を書く。棒読みの式辞も翔んでゆく白い鳩達もすべて計算内のことだ。そこに非戦の気持はすこしも感じられない。

夜、梅酒をすこし飲む。気持を平らにするためである。

梅酒とろりと今日の日の暮れてゐし

八月七日（火）

【季語＝赤のまま】

「寒雷」終刊の後を継ぐ形で「暖響」が届く。私のような高齢になると、その結社のトップがはっきりとわからない。このことは私の発行した「港」でも言えるのであろう。トップとして「今後」を考えておかねばならない。

赤のままprice すこしの風に揺れてゐる

八月八日（水）

横浜の藤が丘句会。

大井町線・田園都市線は、戦中に登校のため使った鉄道。たしか戦中は「溝ノ口」が終点だった。

車窓をながれる雲や日射しに「秋」を感じる。人生と重ねている自分に気づく。


【季語＝夏雲】

夏雲や視線おのづと遠くなる

【季語＝夜の秋】

八月九日（木）

二発目の原爆が長崎に落された日。

第一校正日。ひとりで机に向っていると退嬰的になるが、人の中に居ると気持が変る。自販機の砂糖の効いたコーヒーがうまい。やはり私は単なる年寄り。

小泉瀬衣子の車で行くが、乗り降りに苦労。関節等がみごとに老いている。

夜、大岡昇平の『俘虜記』をすこし再読。私の胸中にもっとも残っている一冊である。

「ばかやろう」で始まるこの本の文章は、凄い磁力がある。

夜の秋のはるか遠くに港の灯

八月十日（金）　【季語＝残暑】

沢山送られてくる結社誌。みるみる雑誌の山となる。「俳句界」で、その結社誌を「立体的」に採り上げる記事を書く。ユニークということがいちばん大切な視点だが、私は無名に近い人の句や文章を丹念に探る気持である。

もう何十年も前、「大牧さんの句が『俳句研究』で褒められている」と数か月も経って言われたことがある。なぜ、その時に告げてくれなかったのか、その点にしばらくこだわっていた。

リアルタイムでつたわるような文体を考えている。

残暑てふひとの心を蝕みし

八月十一日（土）

【季語＝日盛り】

原爆忌東京俳句大会。北区の「北とぴあ」で。
安西篤氏の講演。毎年の暑さと、この大会のことは胸中に刻まれている。
「ペンを捨て町へ出よう」自分を励ますためにひとり呟く。「王子」には
昔の東京が残っている。

日盛りや金子兜太も来し会へ

八月十二日（日）　【季語＝残暑】

中野杉並句会。

句会場の近くに「豚カツ」専門の食堂があり行きつけである。キャベツが山盛りで五百円。その定食をよく注文している。

としよりは肉を食べよとテレビが縷々と延べている。そういえば遠い日、パーティで九十歳代だった鈴木真砂女さんが、おいしそうにローストビーフを食べていた姿が目に残っている。

で、この句会、昼の豚カツの力で口舌がなめらかだった。

肉食を増やす残暑に向ふため

八月十三日（月）　　**【季語＝敗戦日】**

「港」への投句が今日辺りから増えてくる。マンションのメールボックスの大きさでは取り出すのに苦労する。ありがたい苦労と思うべきか。八月十五日が近づくと、テレビは、すこしずつその特集番組を映す。あの日はお腹が空いて、空は青かったと覚えている。

敗戦日近づく雲の白き照り

八月十四日（火）

【季語＝夜の秋】

投句締切日前日は投句の量が最も多い。その投句の郵便物を捌きながら、頭の半分は、私が当らなければならない仕事をイメージしている。こうした「責任感」が高齢者にとって、よいものなのか、よくないものかを考えている。

どう考えてみても定命は定命、そうした気持を自分に言いきかす。

句会用外出用に新しいカートを求める。その途端、今まで使っていたカートが俄かにみすぼらしくなる。人間のエゴを思う。

サーチライトはるか遠くに夜の秋

八月十五日（水）

【季語＝終戦日】

「終戦日」「敗戦日」「敗戦忌」など、八月十五日はさまざまに詠まれている。

立場、信条などによって詠み分けられているが、私は「敗戦日」と言いたい。「忌」とすると、どこか怨念が感じられる。怨念をつよく感じるのは一般国民であって、国が怨念を感じるのは「日本」には神風が吹いて勝つ筈だった、のナショナリズムの怨念となる。

静かに深く科学の心をもって、この日に対したい。

てんと蟲一兵われの死なざりし

安住敦のこの句が「無言の抗議」としてもっとも惹かれている。

行人を暮色がつつむ終戦日

八月十六日（木）

【季語＝晩夏】

自宅で机上の仕事。

校正に赴いている人からの電話がくると、校正室のざわめきが受話器に入ってくる。

私の仕事は夜十一時に終ることにする。

噛み忘れし薬ふくむも晩夏なり

八月十七日（金）

【季語＝栗】

東邦大病院へ。アフターケアのため。
長寿時代と言えば聞こえがいいが、そのための心理的プレッシャーにも
勝たねばならない。
せめて食を大切にしようと肉などを食べてみる。これがプレッシャーの
ひとつである。生きることは苦行にもなる。

いまのところ生きる側にて栗を剝く

八月十八日（土）

【季語＝晩夏】

手帳は二冊使っている。私用・公用（大袈裟）の二冊である。「公」の方の今日の日の枠に「喜」と書いてあるが、何のことか全く覚えていない。

『喜望峰』の「喜」であったとしてもその先の意味がわからない。齢がそうさせるのか。

晩夏なり香辛料をよく使ふ

八月十九日（日）

【季語＝夏】


小泉瀬衣子の車で下板橋の句会。

首都高速から見る東京、すこしも凄いと思わない。むしろ醜い。

それでも電車で通う句会とは大違いに楽。「老いては子に従え」、この言葉を実感する昨今である。

東京の夏はさながら砂漠の夏

八月二十日（月）　【季語＝虫の音】

「ジャンプするためには、かがまなあかん」この言葉は、京都大の山中伸弥教授の言葉である。

たしかに、と思う。飛翔するためには、身をかがめて、エネルギーを溜める。じつにわかる言葉である。

で、私は何へ向ってジャンプをするというのだろう。それは、言わぬ。言わぬことを生きる意味としている。

八月も二十日過ぎるとつくづく秋、風が険をもちはじめている。

虫の音のとどかぬ階に住み八十路

夕焼のひたすら赫し少年時

八月二十一日（火）

【季語＝夕焼】

昭和二十年八月二十一日は、空襲で焼けたトタン板を囲った「バラック」に住んでいた。復員でもどってきた兄、企業疎開先からもどった姉達、殺伐としてぎすぎすした空気により、一家団欒はあり得なかった。私は、そんな家庭から逃げるようにして、映画館にこもった。「不良学生」となっていた。

とりわけ流麗なカメラワークを駆使した稲垣浩の『無法松の一生』は、十四歳の私の心をとらえた。

ラストシーンの雪の中で死んでゆく無法松に小学校校舎から聞える唱歌の声。私の生涯の一本と言えば、この映画を挙げる。

八月二十二日（水）　【季語＝猫じゃらし】

「港」十月号の原稿整理。

すぐれた句集が贈られてくると、その句集にこだわってしまう。

すぐれた句集とは、胸の奥から俳句を詠んでいるか、そうでないかで決めている。

つまり、きれいごとを詠んでいない句集がよい句集と思っている。きれいごとは嘘に通じるからである。

猫じやらし耳目あるごと揺れてをり

八月二十三日（木）　【季語＝百日紅】

妻が美容院へ行きたいというので同道する。私も妻も杖を使ってのろのろと行く。昔の修身の教科書ならば、夫婦偕老で、めでたい姿となるのだが、今は信号のある大通りの辻を二つ通ってゆく。

老人には車が凶器に見える。敵弾の中をくぐってゆく気持。猛獣が歩いている荒野を通る気持と言えば良いか。

時間を見て迎えに行く。時間にして十分二十分のことだが心身疲れる。ヘルパーさんのことを真剣に考えなくては、夫婦共倒れになってしまう。

もう齢をとるばかりなり百日紅

八月二十四日（金）

同人句会。
気のせいか自分の声が細い。
「沖」に居た頃、同人句会は、能村登四郎、林翔の二人の先生を囲んで行われた。
あの時の同席者はおおかた他界し、能村研三氏、鈴木節子氏、大牧広のみ健在。

【季語＝晩夏】

晩夏なりいまさら年は戻らざり

八月二十五日（土）　【季語＝盆波】

「港」へ出す句をようやく揃えることができた。

「先生の句は科学では推しはかりがたい」とは同人の長谷川洋児氏の言葉。なにか面白いし嬉しかった。この「科学」とは、永田耕衣の句のメカニズムと通底しているのではないかという思いもあったからである。

ちなみに、永田耕衣の句、

百姓に今夜も桃の花盛り

夢の夜に葱を作りて寂しさよ

水涜の水色膝に落つ故郷

独特の世界観に唸るのみ、である。

盆波に地球の果てを知らさるる

【季語＝秋の風】

八月二十六日（日）

「蒲田」という街は寒暖のはっきりした街、と皮膚感覚が覚えている。その蒲田の句会。句会が終ると、自分でもおかしい程に「そそくさ」と帰途のバスに乗る。

蒲田で「飲んだ」記憶も遠くなっている。

つくづくとわが齢に思いが至る。

なつかしき酒肆も閉ざされ秋の風

八月二十七日（月） 【季語＝秋夜】

八月も最後の週となった。

異常に暑かった夏も秋へと移ってゆく。散歩ということは殆どしていないが、スーパーへの道すがら風にゆれている「猫じゃらし」を見ると、「秋」を実感する。

事業部長から来年の新年俳句大会の「行動表」が送られてきた。病気なんかしている暇はない、ということで「高カカオポリフェノール」を口中へ。

テレビでは高価なビーフステーキをおいしそうに焼いているシーン。そのテレビをさりげなく切る。

かすかなる飢の秋夜でありにけり

八月二十八日（火）　【季語＝夏終る】

各出版社、俳壇筋へ「港」の発送準備。それぞれの思いをめぐらして一冊ずつ袋へ入れる。出版社なら社長、編集長、結社ならば主宰者など瞬間的に思いをめぐらす。

あと何年、この仕事に当るのか、などを思いつつである。

頂上や殊に野菊の吹かれ居り

原石鼎のこの句が妙に胸にある。

筆力のしかと衰へ夏終る

【季語＝秋の空】

八月二十九日（水）

七十三年前の記憶を書く。

敗戦後の蒲田駅前の闇市。金さえあれば何でも買えた闇市。十四歳の私は、その闇市の中に居た。

そこへ自転車が、ゆっくりと引かれて人の群の中を通って行った。私が目にしたのは、自転車の荷台に大切そうに積まれた「天ぷら」の飯盒であった。

自転車の荷台の上には、四角い箱が積まれて「海老の天ぷら」が輝くばかりに並べられていた。

黄金色の衣と赤い尾、明日をどう食べてゆくかの私たちには鮮烈な印象だった。あの自転車の人は、なぜ、わざわざ浮浪者の群のような闇市を、よぎっていったのであろうか。いまでも、あの鮮やかな荷台の上の「海老の天ぷら」のいっさいが脳裏を離れない。

遠い日の闇市そして秋の空

八月三十日（木）

【季語＝秋の風】

林芙美子が文筆で功を成していた日々、トイレの中は、その原稿の対応に苦しむか、思い余ってか思いきり泣く場所だったと聞く。芝居となった「放浪記」を観ると、それがよくわかる。林芙美子に扮した森光子も彼岸の人になっている。

八十路なるわが背にどつと秋の風

八月三十一日（金）

異常な暑さをもたらした八月も終る。
「戦いすんで日が暮れて」、古い軍歌が胸に沁みる。
厭戦と厭世、なにか通じている。
とにかく八月は終った。

あたたかき甘酒欲しく八月尽

【季語＝八月尽】

九月

九月一日（土）　【季語＝芒】

大正十二年の関東大震災、母は長男（私ではない）を背負って逃げるとき、何度も死を覚悟したと言う。

母が死んでいれば「私」は居なかった。だから生あるうちは後悔せぬ生き方をしたい。

目の前にぶつきらぼうに芒立つ

九月二日（日）　　　　　　　　　　　　　　　　【季語＝秋蝶】

句会。

句会という場に坐ると別種の元気が出る。それを「因果」というか「功徳」というか。

現実は、早く帰って夕食の仕度をすることである。

せめて第一〇句集の成果を祈るのみ。

秋蝶の夢のごとくによぎりたり

九月三日（月）

【季語＝草の実】

九月も三日を過ぎて、すこしずつたしかに「秋」を実感してくる。たとえば野生の草花が、何かにうながされるように揺れているのを見ると、そのことを実感する。

季節は確実に秋へ冬へと移ってゆく。そのさまは、人間の高齢化と同じである。こんな諦念のような言葉を綴るのも「秋」だからであろう。

バス停の椅子の草の実払ひけり

九月四日（火）　【季語＝芋】

「俳句」で、アンケートの要請があった。アンケートは「俳句は○○のようなもの」というもので、その○○に言葉を入れる問いである。

私は「俳句は科学と哲学のようなもの」としてアンケートに答えた。

「俳句は風雅の誠を極める」が、ひとつの決まりとして通っている。この「風雅」には、動かしがたい「科学」と天地の深遠を極める「哲学」の心が必要ではないか。その思いを下敷にして「俳句は科学と哲学のようなもの」としてアンケートの答にした。

深遠な思ひさておき芋を食ぶ

【季語＝秋夜】

九月五日（水）

横浜支部句会。

「あざみ野」へ小泉瀬衣子の車で行く。

なにか、久しぶりの感じがするがなぜだろう。欠席をしてペーパーで選句するよりも出席をして選句をする方がずっといい。

多摩川を渡るとき、この川がかつて氾濫した記憶がよみがえる。この辺りは、戦争中、学徒動員に駈り出された。どうしても思いは、そこへ動く。さびしかった戦中の川沿いの景は、次元のちがう景色を見せている。

さまざまな仕事が机上に積まれている。「辛抱辛抱」と自分に言い聞かす。

疲れと眠気の八十七歳の秋夜

九月六日（木）　【季語＝彼岸花】

昭和二十三年九月六日、私は「城南信用組合」に入職した。信用組合は何年かして「金庫」になった。あの日から七十年経つ。当時「総務課」に配属されたが、いまだに当時の課長等は覚えている。昨日のような七十年前のことである。

茫々と鉄路ありけり彼岸花

九月七日（金）

【季語＝橡の実】

明日の「本部句会」のための作句。こう書くと、必要がなければ句は詠まぬ、と思われそうだが、駄句的な句は一応句帳に控えてある。

水原秋桜子が「馬酔木」誌上で、「私の句が句会で全句没になりそうだった」という旨の文章を読んだ記憶があるが、主宰といえども、その句が採られる、採られない、は気を使わねばならぬと思っている。

その意味で、毎月送られてくる結社誌の主宰句を丹念に読むようになっている。

橡の実を机上に置いて橡の実詠む

九月八日（土）　【季語＝秋の夜半】

本部句会。

本部句会へは、ふだん見えぬ人も参加されて、別種の活気が生まれる。

一方、さまざまな情報が右から左から寄せられる。

すこし前は本部句会が終ると、浅酌をしたが、今は殆どそのまま帰る。夜、気がつくと「小熊座」の作品を胸中深く読んでいる。

私の句作の領域にない句に、このごろ強い興味をもつようになっている。

「小熊座」には、そうした興味を充たしてくれる作家が居る。

牛乳を甘くして飲む秋の夜半

九月九日（日）

さまざまな手紙を書く。

ほとんど葉書だが、書いていて元気が出る。反対にむなしくなる手紙等は仕事と思って書く。

さりげない黙殺は私にはできない。

秋蟬のひとこゑ夢の如くにて

【季語＝秋蟬】

九月十日（月）　　【季語＝白露】

「港」宮城支部長で気仙沼に住んでいる伊藤俊二氏に所用電話をする。

あの日から七年は経っているのだろうか。大震災後、大津波によって陸地に打ち上げられた大きな船が、半壊のままじろじろと晩夏の日に晒されていた姿が眼裏にある。

復興復興と言っても、どこか櫛の歯の抜けたような、まばらな感じは否めない。

オリンピックなどに使える資金があるならなぜ被災地に使わないのか。ナショナリズムを煽るだけのオリンピック。戦前生れの私は、ヒトラーの「ベルリンオリンピック」を思ってしまう。

被災地のその後想ひし白露なり

九月十二日（火）

【季語＝秋団扇】

第一〇句集『朝の森』の俳壇への贈呈先に洩れはないか、もう一度チェックをする。

遠くの未知の人から新しい句集を待っています、などと書かれている手紙が来ると、八十七歳の私は自分でもおかしいほどに、気持が昂ぶる。

そうした日は、うすい珈琲を甘みをつよくして飲む。

秋団扇ときどき使ひ稿埋めし

九月十二日（水）　　　　　　　　　　　　　　　　【季語＝新涼】

東邦大病院へ血液検査。
八月の異常な暑さはさすがに衰えて、バスから見る街の景色も落ち着いてきている。
ファックス関連用品と、二人分の昼食を買って戻る。
食事がすこしも進まない。それでも食べなくてはいけないかと思う。

新涼やされど切なき咀嚼音

九月十三日（木）　【季語＝干柿】

「港」に論文論評がすくないことを、つねに感じている。俳句関係の論文となると、おおかた「芭蕉」や「季語などの約束事」云々。こうした過去からの縛りごとを書き起こしてもどう現代と結びつくのか、それを考えてしまう。

それよりも、今の「あやうい」地球上の現象、人間不在の政治、そして環境問題など、たとえ顧みられなくとも、十七文字で表して行くべきではないのか。

芭蕉が、どこそこへ行って何をしたか、そのことを得々と書いている文章など、この殺伐とした現代とどうクロスするのか。

夜、飛行機音がうるさい。オスプレイか。

干柿の戦前戦後甘かりし

九月十四日（金）　【季語＝九月】

明日・明後日と句会が続く。場所も京浜東北線の浦和と大船と、大変離れている。小泉瀬衣子がエスコートしてくれる。

今日は机上の仕事。気がつくとペンを握ったままどろんでいる。これが、八十七歳の真実。それでも予定した仕事はやりとげる。

郵便物どさりと九月締切日

九月十五日（土）

【季語＝僧正忌】


浦和句会。

駅前ビル十階の一室が句会場。

十階のロビーで弁当をとる人、何か打ち合わせをしているグループ。いつも何か忙しい現代。

雲だけが、はっきりと季節を告げている。

高階にわが身を置きて僧正忌

九月十六日（日）

【季語＝花畠】

湘南句会。
大船駅で降りる。大船観音がすこしうつむいて坐っている。
暑いか寒いか、遠方の句会はなぜか厳しい季節の記憶が濃い。
車中、おおかた眠っている。

花畠を通りし鉄路なり眠し

【季語＝雁渡る】

九月十七日（月）

敬老の日。

八十七歳、充分な老人となっている。

テレビドラマで見る「お爺さん」役の人の若いこと。この時は自分が完全な「お爺さん」であることを忘れている。

そして五十代で逝った父母の仏壇に熱い茶を捧げている。

壮年の父母の遺影や雁渡る

【季語＝かりがね】

九月十八日（火）

自分のノルマにしている「港」への十七句をどうにかまとめる。主宰誌だからと言って自分に妥協しない気持で詠んでいる。

夕方、スーパーに買物に行くと、自分より若い老人が、イートインコーナーでゆっくり時間を楽しんでいる。その姿を見ないことにしている。

かりがねや齢楽しむ時間欲し

九月十九日（水）

句会。

「たまプラーザ」からタクシーで着く。

一、二回休ませて貰っての句会のため、なんとなく目新しい感じだ。横浜、と一口で言っているが、奥行きは深いとつくづく思う。そして、二子玉川駅から東京圏内に入ると、安心感が生まれる。

多摩川の水寂びてゐて秋深む

【季語＝秋深む】

九月二十日（木）

【季語＝秋風】


我孫子句会。

小泉瀬衣子の車で。

支部長は働き盛りできめこまかい仕事を果している。新しい人も入られているると聞く。

車はやはり楽。駅へ行くのも乗換え等も必要ない。

句会の行き帰りにつくづくと齢の重さが身に沁みる。少し前までは句会から帰ってもすぐに机に向えたのだが、今はそれができない。

夜、松島芭蕉祭のために短冊をしたためる。やはり句会の疲れのため早めに切り上げる。

遠くから救急車の音。

秋風をふと聞いてゐる吾が居て

【季語＝いわしぐも】

九月二十一日（金）

夜、テレビがしきりに昭和の歌を流している。昭和の歌には「生活感」がある。人間の息遣いがつたわる。この点は俳句にも言えると思う。今の俳句には、体温が感じられない。妙に世の中から離れた無機的な感じがしてならない。体温が感じられない今の政治に共通する。ゆえに、泥臭いと思う昭和の歌に惹かれるのであろう。

いわしぐも昭和いよいよ遠くなる

九月二十二日（土）

【季語＝秋風】

同人句会。

句会場は地下一階に葬祭場がある。ふと亡くなられた人の名に目をやると、信金時代の年下の友と同名の札があった。

その人であったら私より十歳程若い。そうならば私はとっくに鬼籍に入っていてもおかしくない。

無常感に襲われて句会は終った。

「先生の元気を頂いております」といった手紙を頂くが、私は生きられているから生きているだけのことである。

まだ、肉類をうまいと食べられているから、すこしは「マシ」なのだろうか。

秋風や頭で食べる三度の餉

九月二十三日（日）

蒲田の「のぞみ句会」。

ふっと信金時代の上司同僚のことを考える。上司は当然として、同僚は九割が他界しているだろう。

なぜ、そんな思いに駈られたのか。それは勤めていた信用金庫の「蒲田支店」がトップ位置を占めていて、とかく、話題の中心であった支店だからである。

それもこれも四十年も前のこと。今は懐古談である。

【季語＝秋風】

うしろより秋風が来て吾に返る

九月二十四日（月）　【季語＝西瓜】

九月最後の週。

あの身を灼くような炎暑の八月はこれからも話の種になるのであろう。

冷房で冷え切ったスーパーから出て炎暑の街に出た瞬間、その差の激しさに見知らぬ人と顔を見合わせて笑い合ったことが記憶にある。

いま、西瓜の角切がいちばんうまいと思っている。

西瓜こまかく四角に切つてこそ旨し

【季語＝秋の風】

九月二十五日（火）

高齢者用パスを求める。

かつて払った年金からなので全く無料ではない。帰途、百均ストアで消耗品となる文房具を求める。

「俳句αあるふぁ」十二月号の「大牧広の世界」特集に応ずるために、古い写真を、山田まり、小泉瀬衣子、二人で整理して貰う。

私の若い時の写真は、眉が黒くて太くて、鈴木鷹夫氏が「指名手配の写真」と言った。

たしかに、と今思っている。

その鈴木鷹夫氏も泉下の人となっている。歳月茫々の感あり。

泉下てふ思ふことあり秋の風

九月二十六日（水）

【季語＝芒】

「俳壇」に寄稿する十句にとりかかる。十句を活字にしようとすれば二十句三十句と作ってみなければならない。こうした場合、いつも悩むのは、詠んでいる時点の季語にするのか、発表号に合わせた季語にするのか。その一点である。秋風に触れると、そのような考えかたが小さく思える。

ゆつくりとたしかに揺れし芒達

九月二十七日（木）

【季語＝花園】

殆ど毎日送られてくる句集に対して、私の認識は変っている。それは、「詩歌文学館賞」の選考委員に三年間当らなければならないからである。これからの俳句は、どうあるべきなのか。季語を優先するのか、詠んでいる内容を優先するのか、考える余地は大きい。

花園や俳句は季語か内容か

九月二十八日（金）　【季語＝秋】

一日原稿書き。

ある有名な作家が、一日中小説を書いて、その鬱を払うために、これまた有名なバーに通うのだと言う。私には到底そんな真似はできないから、馬鹿っぽい芸人のテレビを見るしかない。

俳句もニヒルになる筈である。

せめてもの励ましの文読みて秋

九月二十九日（土）

【季語＝彼岸花】

「雲は天才である」と言ったのは、石川啄木。そう言えば、雲ほど人間の心を映し、慰めを与える自然現象はない。

映画のカットシーンでも雲がよく使われている。『雲ながるる果てに』は特攻を扱った名作だった。雲は、もっとも人の心を読み映す。

彼岸花と雲のみ人の心知る

【季語＝今年酒】

九月三十日（日）

九月は今日で終り。後は俳句上では「晩秋」へと入る。その早いこと、人生さながらである。

で、今日は日曜日。「人間よ、明日から、しっかり働け」と言われているようだ。

これ以上、何を働けと言うのだろう。

呟きは愚痴となりゆく今年酒

十月

【季語＝団栗】

十月一日（月）

月曜日に十月がはじまる。
爽秋にふさわしいはじまりである。
秋の次は冬、自然のサイクルというか輪廻を感じる。
そんなこと言えるほど身も心も浄化していない。

ゆるやかな山坂団栗ころがるため

十月二日（火）

【季語＝吊し柿】

「既視」という言葉がある。

私には、その既視感が、ヒッチコックの映画のように、不安感につながることがある。

誰もがそうした感情を持つのではないか。

私は面白いことに飯田橋附近に、ことにそれを感じる。

いつまでも日に当りたる吊し柿

十月三日（水）

【季語＝秋深む】

時々妻に不機嫌な声を出していることに気づく。仕事を中断された時などに知らず知らずそのような顔になっている。

私も妻も九十歳近い。晩年は、やさしく二人の暮しにしたい。

秋深みゆきヘルパーを頼みけり

十月四日（木）

【季語＝牧閉す】

素十俳句は何もかもそぎ取った「コア」のみ採り入れて、一種の「いさぎよさ」があり惹かれている。
情況説明ではない俳句、本質だけ抉り出した俳句に惹かれている。
俳句は本来引算の引算であろうから。

きびきびと牧閉されし一集落

【季語＝秋雨】

十月五日（金）

なぜかふいに敗戦時の秋を思うことがある。
あの年の秋は電力がなく停電がつづいていた。夕方から夜の時間帯に入っても電灯が点らず秋雨が暗く降り続いていた日々。すこし暗い広少年は、いよいよ暗くなってゆくのだった。

敗戦の年の秋雨忘れまじ

十月六日（土）

病院を三科受診。
生きてゆくことは切ないことだ。
せめて帰りに柿を買って帰る。私も母と同様、熟れた柿が好きである。
つめたい甘さがいい。

【季語＝いわしぐも】

病院を三科廻りしいわしぐも

十月七日（日）

【季語＝諧】

サラリーマンでなくても日曜日は解放感を感じる。

テレビを見ても、いかに視聴率をとるかということでムリムリのお笑い番組は消す。

笑いとは自然に表現されるものと思っている。

夜、山田まり、小泉瀬衣子が来て夕食を作ってくれる。

本当の笑ひ必要ふかし諧

十月八日（月）　　　　【季語＝いわしぐも】

体育の日。

私がこう書いても絶対に信じてはいただけないかも知れないが、中学の運動会で、誰もが跳べなかった跳箱を跳べていた。

今は杖なしでは歩くことも不安な日々、ふつうの老人への道程を踏んでいる。

跳箱を跳べたる日ありいわしぐも

十月九日（火）

【季語＝鳳仙花】

気がつくと外部からの仕事が溜っている。俳句作品、書評等である。書評を書く時、著者の生年月日、その生れた土地の由来まで考えて我なりに組み立てて書くことが多い。その土地の風、日の光まで考えてしまう。

この杜に覚えありけり鳳仙花

【季語＝朴の実】

十月十日（水）

かつてこの日が「体育の日」であった記憶がある。それはそれとして秋の空がもっとも好きである。好きな空なのだが、なぜか、七十余年前の戦争の世の空と思いが重なる。食糧は乏しく、娯楽というのは許されぬ時代だった。で、私はひそかに「おとな」の恋愛小説をよみふけっていた。

朴の実や記憶といふはさびしかり

十月十一日（木）

【季語＝秋深む】

手帖をひらくと、この日の枡に「クリニック」と書いてある。この「クリニック」の意味がわからない。

何か、あたふたとしてしまうのが私の悪い癖である。人間ができていないからである。

古い校舎、戦中の学校裏の原っぱ、脈絡もなく脳裏に浮ぶ景色である。

既視いつも学校が出て秋深む

十月十二日（金）　【季語＝秋湿り】

医学の面で、現代科学で解明されていない部分がある。血液の「血小板」が減ってゆく異常。ピロリ菌が主因だそうだが、その解明も充分でないらしい。

「これが解明できたらノーベル賞ものだね」と大学生のインターンと話した。

人体に神秘ありけり秋湿り

十月十三日（土）

「港」の「人事委員会」。

結社内の顕彰等を決める会。

私は予後とて文書で参加。こうした会を三十年間行ってきた。

相変らず机にしがみついている。

木の香りのする蕎麦が食べたい。

新蕎麦に箸をからめるてふ至福

【季語＝新蕎麦】

十月十四日（日）

中野杉並句会だが休ませて貰う。
その代り溜まった仕事を片づけなければならない。
第一〇句集『朝の森』のことが頭から離れない。

いくらかは病後なりけり菊供養

【季語＝菊供養】

十月十五日（月）

【季語＝秋深む】


投句が束になって届く。

どこか外国の小説家の言葉だったか「小説は締切りがあるので書ける」という言葉を思い出している。

一か月の結晶としての投句作品に作者が目の前に居るような気持で目を通す。

一日がめっきりと短くなった。黄昏どきは、やはり愉快ではない。

駅の灯のなまじ澄みゐて秋深む

十月十六日（火）　**【季語＝短日】**

『朝の森』の送付先に洩れがないかをチェック。住所録を丹念に調べると、送付しなければならぬ人が多く居た。一人でも多く読んで頂きたい気持でいる。

夕方、スーパーに行って買物。かつて「港」に居た人とすれちがうが、相手は気がつかない。勝気な女性で、上からものを言う態度が敬遠されて、本人も居づらくなって退会した。

それはともかく、本当に日が短くなった。杖を使った足の運びが早くなっている。

短日の杖の歩幅のちさくなる

十月十七日（水） 【季語＝錦木】

十日間の入院中、インターンの大学生と話を交わすことがあった。私が病室で仕事をしている姿に興味を持ったのである。いいところのお坊ちゃんらしくラグビーの選手であることも知った。熱い茶を汲んでくれたりして面倒を見てくれた。

大変ですね、でも仕事があった方がいいですよ、とも言ってくれた。私は私で「この寛解のない病気を追究してノーベル賞を取って下さい」などと言い、笑い合った。

病院は、つまり再生工場のようなもの。その中の十日間の忘れられない記憶である。

錦木や遠まなざしの濃くなりぬ

十月十八日（木）

【季語＝干柿】

第二校正日。私は自宅で仕事。
電話で連絡しながら校正をすすめて貰う。
仕事は私をすこしも楽にしてくれないが、それが私にはいいらしい。
で、私なりに病気を忘れて仕事に没頭する。

干柿の甘くやはらかペン運び

十月十九日（金）

東邦大病院へアフターケア。
薬はすこしずつ減り副作用も気のせいか軽くなっている。
それでも数値には気を使う。
分厚いステーキに挑んでみるか。

秋夕焼薬袋の嵩張りし

【季語＝秋夕焼】

十月二十日（土）

持分のしごとを終日。
句会へも欠席をさせて貰って「港」人との接触も遠くなっている。
だから十冊目の句集に力を入れたい。いささか視野が狭小だが、それを
思っている。

【季語＝秋燕】

ひろびろとかの秋燕になりたしよ

【季語＝雁渡し】

十月二十一日（日）

「城北句会」へ小泉瀬衣子の車で。

東京は本当に広いと思う。首都高を通るとき私は目をつぶっている。高所恐怖症の私である。これを情けないと思うか本人次第である。

車中で昼食のパンを食べる。

東京は好きになれざり雁渡し

十月二十二日（月）

十月も一週残すのみの月曜日。

あと十日ほどで十月も終る。そう思うと吹いている風もつめたく感じる。

ふんだんに炭つぎたさる直哉の忌　宮本白土

昔の十月は、そうだったのかもしれない。

坂がふときびしく見えて十月尽

【季語＝十月尽】

十月二十三日（火）　【季語＝菊花展】

池上本門寺にふっと足を運ぶことがある。十月も終り近くなると境内が茫々とした感じになっている。

私にとって、この境内は、人との出逢いの場となっている。この間も信金時代の職員と出逢った。

私同様、みごとに老人となっていた。

邂逅や片付けられし菊花展

十月二十四日（水）

【季語＝秋の嶺】

「大牧広の世界」を編むということで、「俳句αあるふぁ」からの依頼で句集十冊、写真等を送る。

若い時の写真は、いつも山を仰ぐ、という形で高い遠くを眺める、といったていが多い。客気というのだろうか。

「青雲の志」、こんな固い言葉が、むしろ合うようだ。

いちはやく暮色立ちこめ秋の嶺

彼岸花ふっと血色を見せにけり

【季語＝彼岸花】

十月二十五日（木）

東邦大病院へ血液検査。

私の場合「血小板」の数値を見守られている。大きな変化もなく、ひとまず安堵。

『血と砂』という闘牛士を扱った映画があった。「血」はやはり原点的な意味をもっている。

十月二十六日（金）

【季語＝秋の暮】

同人句会。

俳句を選ぶ、というより「捌く」といったてい。なぜかと言うと、思い切ったシュールな俳句が出されるからである。

が、やはり時代をまっすぐ見つめた俳句を選んでいる。数を恃んだ政治は、フェアではない、と言い切れる。

とつぷりと秋の日暮の来てゐたり

十月二十七日（土）

【季語＝桔梗】

山田まり、小泉瀬衣子の二人が来て、料理、洗濯、掃除などをしてくれる。するると、衰えがちな食欲も出てくる。妻の故郷の由比の、さくらえびの熱々のてんぷらを食べてみたい。あの桜色は、人の心を明るくする。

桔梗や食べたきものに理屈なく

十月二十八日（日）　【季語＝冬銀河】

あることが気になって、午前一時頃、机の抽斗を調べている。この所作は、認知症のひとつの現象らしい。が、自分で、そのことを気にしているのだから認知症ではあるまい。
一時間程で、その調べものは終ってベッドへ。たいらに年をとりたい。

仙人になりたき思ひ冬銀河

十月二十九日（月）

【季語＝赤のまま】


俳壇筋へ「港」を発送する。

十月も最後の週となった。いよいよ余す月日は二か月。「今更」とも「もう」とも、感慨は複雑である。

特攻を描いた戦後の名作『雲ながるる果てに』のシーンが脈絡なく浮かぶ。その思いは感傷に近い。

遠方をなぜか思ひし赤のまま

十月三十日（火）

【季語＝短日】

十二月号原稿入稿。

電話が鳴る。ちがう部屋の電話。急いでその電話をとりに行くが、薬の副作用で足がもつれて遅くなる。そうこうしているうち電話が切れる。九十近い年寄りの夫婦である。もうすこし気長に待ってもらえぬものか。そう思っている。

短日を電話がいよよ忙しくす

十月三十一日（水）　【季語＝萩の実】

第一〇句集『朝の森』を如何にして一人でも多くの人に読んでもらうか考えている。

同時に制作元で目に見えない注意を払って頂けたことに感謝をしなければいけないとも考えている。

ほぼ三十年も前になるが、第一句集『父寂び』を出したときのことが、妙に鮮明によみがえってくる。

同時に、あの三十年前の先生、先輩、同士達がすべて故人となっていることも考えてしまう。

まさに歳月茫々である。

萩の実や遠くの山は紅帯びて

十一月

【季語＝神無月】

十一月一日（木）

ことしもあと二か月だと思うと別種の心構えが湧く。

あたゝかき十一月もすみにけり

と詠んだのは中村草田男。
この句のように十一月は終るかもしれない。まるで人生のように。

分身の手帳探せし神無月

十一月二日（金）

【季語＝冬田】

気がつくと腹を撫でている。

下腹部を「の」の字型にゆっくりと撫でると便秘予防になるとか。恙があって入院した時看護師から聞いた言葉である。

病院の決まりの消灯午後九時というのが、私には人生を断ち切られるような怖さがある。イヤホーンや小型ＴＶで九時以降をこっそり過す人も居るそうだが、私にはその行為自体がすでに怖い。困った男である。

病棟病室を収容所のように思っている私が異常であろう。

荒涼の冬田想ひて眠る齢

十一月三日（土）

【季語＝文化の日】

文化の日。

咳さへも正しく芸術院会員　広

皮相に終っている。画一的にしか見ていない。でも、それが「文化の日」と通底するのかも知れない。

もんじや焼き食べたくなりぬ文化の日

十二月四日（日）

【季語＝セーター】

句会。
私にとってことし最後の連休二日目。
すこし体が不調でも、講評に入るとなぜかすっきりとしている。
後は遠い支部の句会へ出席できるように身心をブラッシュアップすることである。

もこもこのセーターを着て悔いてをり

十一月五日（月）　【季語＝神の留守】

体の恙がすこしあり、ある結社の周年祝賀会を欠席させて頂く。これからは、このような事が増えるかもしれない。遠くから消防車の音がちかづいてくる。冬へかけての、よくある風物詩の音である。

すこしづつ義理欠いてゆく神の留守

十二月六日（火）

終日仕事。それでも何かが洩れて忘れている感じがする。これも「老人性――」のひとつかもしれない。

音や声に敏感。これが「老人性――」なのだろうか。

老人を売物にするな、という声も聞こえたりする。

【季語＝短日】

短日の物音もせぬ十二階

十二月七日（水）　【季語＝煮大根】

薬（ステロイド）の服用で感情の起伏が激しくなっている。自分でも抑えきれないほどである。

だから戦後シベリアに無法に抑留された人の心の暗黒などを思ったりしている。

平穏な心が欲しい。

煮大根そのやはらかさその温み

十一月八日（木）　【季語＝冬帽子】

東邦大病院へ。
数値はほぼ安定。薬の数量が減る。それでも副作用があり今はその副作用を利用してやろうという気持になっている。つまり酩酊感が多少でも俳句表現にかかわっていればよいとする意味である。

晩年の眥目深の冬帽子

十一月九日（金）

【季語＝冬鷗】


この頃、贈られてきた句集を丹念に読んでいる。

それは『朝の森』とどうちがうのだろうと思う心の表れであろう。同時に、これから三年詩歌文学館賞選考委員をつとめるための気持が働いているのかもしれない。

この仕事だけは責任感を持って勤め上げなければと思っている。

冬鷗その悠々を羨し見て

十二月十日（土）　【季語＝神の留守】

宮城県俳句協会　松島芭蕉祭並びに全国俳句大会のためホテルに泊る。まだ服薬中の病後の身。おとなしく一室に居る。妻もしずかに刻をすごしている。

海を眺めていると心が静まる。人間は、やはり海から生れたのだと、ふと思っている。

神留守の海や漁船のちひさかり

十二月十二日（日）　【季語＝竜の玉】

俳句大会。

大木あまり、高野ムツオ、西山睦、渡辺誠一郎、鈴木八洲彦氏等が並ぶ。

いわば「夢中」の形で会が終る。

帰途は小泉瀬衣子の車で。疲れて夢うつつとなっている。なにせ八十七歳とひとり呟く。

やうやくに終へし大事や竜の玉

十一月十二日（月）

【季語＝マスク】

十一月も中旬にさしかかる。
テレビは渋谷のあの交差点の雑踏を映している。何かにつけて映るのは、その渋谷の交差点と新宿駅南口。都民には食傷した場所の風景である。私には索漠とした東京の風景にすぎない。

マスクして東に西に東京人

十一月十三日（火）　【季語＝神の留守】

「俳句」一月号に新年詠七句と小エッセイを送る。新年詠は、なぜか表現が型にはまってしまう。天邪鬼の私には得意分野ではない。なんとかまとめて編集部へ送る。

元日を白く寒しと昼寝たり　西東三鬼

こんな具合に詠めればいいのだけれど。

神留守の街を人間が埋め

十一月十四日（水）

【季語＝冬枯れ】

某大国の大統領の顔を見ていると悪い夢を見ているような気がする。昔、日本人は外国人を見ると「赤鬼」と呼んだそうだが、なるほどと思う。世界をおかしくして貰わぬことだけを思っている。「早口」「せかせか」も好きではない。

冬枯や病院行きのバスを待つ

十一月十五日（木）

第一校正日。

足がめっきり弱くなった。筋力がどんどん落ちている。

人間は足から滅ぶという言葉、実感している。用事があって二、三の人に電話するが全て不在。投句がどっさりと届く。

こういう日もある。


【季語＝十一月】

十一月半ばの町のしろじろと

十二月十六日（金）

【季語＝冬青空】

山田まり、小泉瀬衣子が来て掃除雑用をしてくれる。その仕事の早いこと、合理的なこと、老いては子にしたがえ、を実感する。『大牧広全句集』が晩年の夢である。いつかの「易」での、あなたは晩年忙しくなるという言葉を思い出している。

したたかな晩年の夢冬青空

【季語＝冬萌え】

十一月十七日（土）

一月号、私の持分の原稿整理。沢山ある。

「先生」は仕事が好きだからと言われたことがある。つまりは貧乏性なのであろう。

このごろ五指がこわばり動かない。

あまりがつがつと仕事をするなという脳の指令だろうか。

冬萌えの日射しをせめて恃みけり

十二月十八日（日）

湘南句会。
今年最後の大船観音となる。
帰途大船駅から発車。すぐ眠くなり「川崎」辺りで目が覚める。
電車から見る初冬の景。そくそくとした気持になる。
あたたかい今川焼が食べたくなる。

短日のエスカレーターなりよく動く

【季語＝短日】

十一月十九日（月）

【季語＝露】

『朝の森』の受領返事を頂く。読んで頂くだけでもありがたいのに懇篤なお言葉に接すると、八十七歳、いよいよ元気が出る。

ひたすらに人信じよと露の森

十一月二十日（火）

【季語＝はつふゆ】

おもしろい夢を見た。
日露戦争の時のバルチック艦隊が堂々と日本海を渉ってくる夢である。
なぜ、東郷元帥の率いる日本の連合艦隊ではなかったのだろう。
私らしい夢である。

はつふゆの夢は雅でなかりけり

十一月二十一日（水）

原稿にとり組む。

ゆっくりと仕事をすること。

いつも自分に言い聞かせているが、現実はそうでない。こんな風に人生を終えるのだろうか。

【季語＝十一月】

十一月大安茫として過す

十一月二十二日（木）

【季語＝神の留守】

一月号二校。

東邦大病院へ。

高齢になると、さまざまな病気を背負いこむ。

地方で見る老大樹の命はすばらしい。その老大樹は触ると温かい。そして元気が湧く。

神留守の父のごとくに老大樹

十一月二十三日（金）

【季語＝勤労感謝の日】

今月最後の祝日、勤労感謝の日。
同人句会。
この頃は、同人諸氏の俳句観に感銘することが多い。それで、いいのだと思う。
短日は、やはり淋しくなる。

勤労感謝の日といふ日であると

十二月二十四日（土）　【季語＝木枯】

この日を休日にして三連休にする法人筋がある。妙に計算された人心掌握術だと思う。

庶民に金を使わせれば、経済がうるおうと思っているらしい。

庶民の必死の家計防衛術を崩す考えらしい。

木枯直前や天のポピュリズム

十一月二十五日（日）

十一月も終りの空のやさしかり

一月号追いこみ。

伊藤修文氏他、すぐれた編集部員が支えてくれる。「港」の強みである。

【季語＝十一月】

十一月二十六日（月）　　**【季語＝冬紅葉】**

この日は暦の上で、「仏滅」とあった。「仏滅」「大安」、仏教の原典の言葉かもしれないが、良い事と良くない事、この言葉に人々が熱心に帰依するのは、その「わかりやすさ」であろう。シチむずかしい事を知ったかぶりの言葉で話すよりも人々は集まる。俳句もそうであろうと思っている。

冬紅葉ひらたい言葉の化身なり

十二月二十七日（火）

【季語＝冬桜】

正月用の言葉が、もう来ている。その後者を忘れて正月の月日が重なることは、自分が老いてゆくこと。めでたさを詠む。それが帰依の本質かもしれない。

冬桜いちりんいちりんといふ奢り

十一月二十八日（水）

【季語＝十一月】

十一月はみじかい月だけれど名句は多い。

前述した「あたゝかき十一月もすみにけり」は、その最たるもの。

とまれ、いよいよ十二月に入る。

風邪などをひかぬよう自分に言い聞かす。

十一月山坂多き日でありし

十一月二十九日（木）

二月号わり付け。
新任の伊藤修文氏が明晰に当ってくれるので助かる。
時々電話連絡がきて打ち合わせをするが、どれも的確な応答を見せる。
よい人材は「宝」である。

【季語＝神の留守】

突堤に意志ありにけり神の留守

十一月三十日（金）　【季語＝神の留守】

いよいよ師走へと向ってゆく。
小泉瀬衣子が、こまごまと仕事の手助けをしてくれる。それがなにより心強い。
午後、妻や子供達とケーキを食べる。至福の刻。こんなことで単純に元気が出る。

神留守の神の戻ってくるらしく

十二月

十二月一日（土）

本年最後の句会。
よい句が多い。
十二月、ダイナミックな月がはじまる。

十二月はじまりし空仰ぎけり

【季語＝十二月】

十二月二日（日）

【季語＝年の暮】

十二月に別れるとき「よいお年を」と言う。よい言葉であり、船の出港のように切なく聞こえる。一抹の感傷。が、これから激しいと言ってよい日がつづく。師走と言うと、近江商人を思う。なぜだろうか。

なにもかも新鮮に見ゆ年の暮

十二月三日（月）

スーパーはすっかりクリスマス商戦に入っている。
平日でも買物の人が増えている。そんな人の波を、無感動に見ている自分。

【季語＝極月】

極月の人波遠く遠く見て

十二月四日（火）　【季語＝冬日】

午後が長いか短いかを考えている。
人生の午後と言えば格好はよいが、すでに暮色たっぷりの私。
羽田空港の航路が変わったせいか時々低空を飛ぶ飛行機音が頭上を過ぎてゆく。
七十余年前は、あの大きな機体が焼夷弾を雨のように落して行った。

空襲を知る人減りて冬日燦

十二月五日（水）

衣川次郎副主宰と電話での打ち合わせ。

私の境遇を知っているから兄弟のように話せる。彼と話すと心がなごむ。

ふいに玉葱のてんぷらが食べたくなる。

【季語＝侘助】

侘助や倖せてふを実感す

十二月六日（木）

【季語＝年暮る】

百方の焼けて年逝く小名木川　石田波郷

昭和二十年の年末の光景と思う。空襲で焼きつくされた下町の景を活写している。「小名木川」が強い。

元号が云々の年暮れてゆく

十二月七日（金）

「港」や綜合誌がらみの原稿に取り組む。
つくづく根気が減ったことを実感する。
来年は「米寿」となる。

ほそぼそと妻が米磨ぐ冬の暮

【季語＝冬の暮】

十二月八日（土）

【季語＝十二月八日】

十二月八日という日、日本が米英へ無謀な戦争を仕掛けたとき、私は十歳だった。
あの日の異様な高揚感は今でも忘れられない。
あの日から日本は破滅の道を進むことになった。

永遠に忘れぬ十二月八日なり

十二月九日（日）

【季語＝年の暮】

中野杉並句会。

大声を出すと気持がせいせいする。腹へ空気を入れないと体全体が調子悪い。悪しき空気が病気へと繋がるのかもしれない。

「腹ふくるる」この言葉自体がすでに健康的でないかもしれない。

大声を出したい年の暮なりし

十二月十日（月）　【季語＝十二月】

居間から京浜急行の「平和島駅」が見える。煌々とした駅の灯りが、年つまる駅を照している。

「夜のプラットホーム」は七十余年前の二葉あき子の唄。この唄は戦中戦地へ送る歌だったそうだが、あまりにも感傷的なメロディが当時の軍部に忌避されたらしい。

駅よりも停車場の灯や十二月

十二月十一日（火）

冬霧の商店街を父と見し

【季語＝冬霧】

戦中の商店街は戦争の敗色が濃くなると、しんと暗い町並になっていった。

少年の私は、それなりに戦争は暗い怖いと全身で実感していた。

十二月十二日（水）

「詩歌文学館賞」の対象となる句集を調べる。
私が何年か前に、この賞を頂いた「ときめき」を想い出している。
で、今はしっかりと送られた句集を読み極めようと思っている。

冬萌や句集それぞれ意味を持つ

【季語＝冬萌】

十二月十三日（木）

二月号第一校正日。

電話等で連絡をとり合う。

私が嚥んでいる薬「ステロイド」の副作用がつくづくきついと思う。

寛解のなき病ひにて冬の空

【季語＝冬の空】

十二月十四日（金）

東邦大病院へ。
大病院は朝のうちは凄い程の混雑ぶりを見せる。
帰宅して二月号をはじめ色々な原稿の整理をする。
一日が忙しく暮れてゆく。

いちにちが短かくなりし年の暮

【季語＝年の暮】

十二月十五日（土）

十二月も半ばとなる。
後はもう坂をころがるように時間が進んでゆく。
「浮世」、この言葉を実感する。

吉良の忌の森より鳥のこぼれけり

【季語＝吉良忌】

十二月十六日（日）

【季語＝冬の森】

城北句会。

新しい人が増えて活気がつたわる。加えて新しい切口の俳句が出されて、なるほどと思う俳句に会う。

たとえば秋元不死男のような句である。そうした句が増えている。

二句一章忘れてならじ冬の森

十二月十七日（月）

【季語＝冬紅葉】

極月のなにか、ぽかんとした一日。
もの書く右手のペンは動いているが、思考力は散っている感じである。
米麹の甘酒を熱くしてゆっくりと飲む。素朴な味に元気が出る。

冬紅葉こそ本当の紅葉なり

十二月十八日（火）

【季語＝冬暮光】

薬（ステロイド）の副作用と格闘している。舟に乗っているような酩酊感と言えばよいのだろうか。

そんな気持の舵をニュートラルにもどして仕事に当っている。

「闘病」。生涯についてまわる言葉である。

がんばるしかない。

闘病やなまじ照らせし冬暮光

十二月十九日（水）

【季語＝冬芒】

大牧という名はすくないと思っていたが、父の生地（岐阜県）でやはり俳人の大牧の姓を持つ人を知った。
「ルーツ」それをつくづく思っている。

人なぜか生国を聞く赤のまま　広

ふるさとを思へば揺れし冬芒

十二月二十日（木）　【季語＝十二月】

第二校正日。

私が病後を引きずっているので、編集の人ががんばってくれる。感謝の思いである。

「先生は凄い」こんな言葉を素直に受けなければいけないと思っている。

ヘルパーの人が来て山田まり、小泉瀬衣子と打ち合わせ。

きびきびと介護の話十二月

十二月二十一日（金）

ことし最後の同人句会。
小泉瀬衣子の介添えで出席する。
日脚がほんのすこし伸びた気がするが、気のせいか。
今は春を待つ気持である。

こころもち日脚伸びゐて稿すすむ

【季語＝日脚伸ぶ】

十二月二十二日（土）

テレビ等が、やたら歳末感を煽る。
落ちつけと自分に言って聞かす。歳末は体によくないことと知る。
縁側で「日向ぼこ」は夢のまた夢である。

日の当る冬田想ひてペン運ぶ

【季語＝冬田】

十二月二十三日（日）

【季語＝歳晩】

なにやら街宣車がエレジーを流して通りすぎてゆくのが断片的に聞こえる。歳晩を想わせる音だ。

歳晩となりゆく街の景色かな

十二月二十四日（月）

クリスマスイヴ。
あの「ジングルベル」を聞くと、やはり師走だなあと思う。
鈴の音のメロディがなんと言っても合う。
やはりクリスマスは西欧の祭と実感する。

【季語＝聖夜】

聖夜てふ海辺に沿ひし灯の数よ

十二月二十五日（火）

身も心もクリスマス気分に浸っている。

七日経て年明けるなり極月は

【季語＝極月】

十二月二十六日（水）

岐阜の俳友から手紙。
大牧温泉の絵葉書である。
なにか血脈のようなものを感じる。

年の瀬の大牧の地を踏みたしよ

【季語＝年の瀬】

十二月二十七日（木）

数え日となった。
妙に樋口一葉の『大つごもり』を思い出す。
あの強欲の高利貸や、可哀想な女中の姿がよみがえる。

数へ日の大きな空でありにけり

【季語＝数え日】

十二月二十八日（金）

二月号入稿。
もう浅春の俳句となっている。
感慨無量。

寒梅の白見て何か安堵せり

【季語＝寒梅】

十二月二十九日（土）

一年の最終土曜日。明日は小晦日。
意味を持って過ごしたい。

おでん煮て歳晩の舌なごませる

【季語＝歳晩】

十二月三十日（日）

【季語＝小晦日】

人の顔も年を送る顔と迎える顔で、さまざまな顔を見せている。
なんとなく三十日の町を歩いてみた。

小晦日暮れゆく空を信じたき

十二月三十一日（月）

今年も今日一日で終わり。
人生には山坂はあるけれど、私はいつも上《のぼ》っていくものでありたい。
来年もそのように暮らしてゆくつもり。

なんとなく心緊まりて大晦日

【季語＝大晦日】

私としては、俳句日記の仕事は、今は楽しい日課であったと、はっきり言える。

その一年をかえりみると、通俗的な言いかたになるが、「山あり谷あり」であった。

「山」は、その日記を、何の障りもなく文章にできたこと。「谷」は、その年の後半にさしかかって、「血小板減少」などというものに自分が罹り副作用の多い薬を嚥まねばならぬこと、それが「谷」と言えるのかと、今思っている。

それでも、ふらんす堂さんの励ましなどによって、どうにか一年間を書き通すことができたのは、私に、まだもうすこし生きていろよ、という神のお許しがあったからだ、と思っている。

この日記、私は、あからさまを書いたつもりである。

ただ、掲げた一句の根底への配慮の「共通項」を1%でも守ろうとした気持である。

句とエッセイがちぐはぐではないですか、と言われたことがある。その人は、自解集と思っていたようである。自解集であったら、こんな楽な仕事はない。その日に在った事や心境を綴った上での一句である。つかず離れずして、それとなくエッセイと俳句がなじんでいる。

「そして、今」、多少の気負いと大きな「俳句日記」への熱い思いにひたっている。

大牧　広

平成三十一年三月一〇日

著者略歴

大牧　広（おおまき・ひろし）

昭和六年東京生れ
昭和四十七年　「沖」新人賞受賞
昭和五十八年　「沖」賞受賞
平成元年　「港」創刊主宰
平成十七年　「俳句界」特別賞受賞
平成二十一年　第六十四回現代俳句協会賞受賞
平成二十七年　第三十回詩歌文学館賞受賞　第四回与謝蕪村賞受賞
　　　　　　　第三回俳句四季特別賞受賞
平成二十八年　第十五回山本健吉賞受賞
平成三十一年　第五十三回蛇笏賞受賞
句集『父寂び』『某日』『午後』『昭和一桁』『風の突堤』『冬の駅』
『大森海岸』『正眼』『地平』『朝の森』
評論集『能村登四郎の世界』『いのちうれしき』他
現代俳句協会会員　国際俳句交流協会会員
日本ペンクラブ会員　日本文藝家協会会員

そして、今　soshite, ima

大牧　広　Oomaki Hiroshi

二〇一九年五月一五日刊行
発行人―山岡喜美子
発行所―ふらんす堂
〒182-0002 東京都調布市仙川町1-15-38-2F
tel 03-3326-9061　fax 03-3326-6919
url www.furansudo.com　email info@furansudo.com
装丁―和　兎
印刷―日本ハイコム㈱
製本―㈱新広社
定価―二二〇〇円＋税
ISBN978-4-7814-1178-1 C0092 ¥2200E